ナイトランド叢書 2-6

魔女を焼き殺せ！

A・メリット
森沢くみ子 訳

アトリエサード

A. Merritt

1933

BURN, WITCH, BURN!

A. Merritt

1933

装画：中野緑

主な登場人物

ローウェル……………………ニューヨークの医師。本作の語り手
ブレイル………………………医師。ローウェルのアシスタント
ハリエット・ウォルターズ……看護師
ジョビナ・ロビンズ…………看護師。ハリエットの友人
ダイアナ………………………ハリエットの姪
ジュリアン・リコリ…………裏社会の首領《ドン》
トーマス・ピーターズ………リコリの右腕
ダン・マッキャン……………リコリのボディガード
ポール…………………………リコリの運転手
モリー・ギルモア……………ピーターズの妹
ジョン…………………………モリーの夫
リトル・モリー………………モリーの娘
ホーテンス・ダーンリー……モリーの友人
ジェームズ・マーティン……ホーテンスの愛人
ルース・ベイリー……………慈善活動家

パトリック・マクルレーン……煉瓦職人
アニタ・グリーン……十一歳の少女
スティーヴ・スタンディッシュ…軽業師
ジョン・J・マーシャル……銀行家
フィニアス・ディモット……空中ぶらんこ乗り
ティム・シェヴリン……巡査
マダム・マンディリップ……人形作家
ラシュナ……マンディリップの姪

目次

魔女を焼き殺せ！

A・メリット

森沢くみ子 訳

【編集部注】本作中の医学的な情報は、発表当時の知見に基づくものです。現在の情報と相違する部分もありますが、差別的な意図を持つものではありません。

前書き

　私は神経学と脳疾患を専門とする医者だ。とりわけ得意としているのは異常心理についてで、その分野では権威として認められている。ニューヨーク屈指の大病院二つで診察を行っていて、国内外で数々の栄誉も受けてきた。正体に気づかれるおそれがあるのに、こんな説明を入れたのは、うぬぼれからではなく、これから語ろうとしている世にも奇妙な出来事について、私には専門家としての観察眼も、経験に基づく科学的な判断を下せるだけの能力もあるということを、知っておいてほしいからだ。

　〝正体に気づかれるおそれがあるのに〟と書いたのは、ローウェルというのが本名ではないためだ。私だけでなく、この物語に登場する人物はみな仮名とする。なぜ実名を伏せておくかは、おいおい明らかになっていくことだろう。

　そこまでしてでも、私は、〈マダム・マンディリップの人形〉と見出しをつけた症例ファイルにおさまっている事実と所見をはっきりさせ、出来事が起こった順にきちんと並べて、公表すべきだという気がしてならないのだ。むろん、所属している医学会の一つに論文のかたちで発表することもできたが、その内容を医者仲間がどのように受け取るか、またそれ以降、私を胡散臭そうに、哀れみの目で、いや嫌悪すらこもった目で見るかは、わかりきっている。なにしろ、こうした事実や所見の多くが、原因と結果という一般的な概念に相反するものとなっているからだ。

まっとうな医者である私だが、昨今は、世間一般で認知されていない〝原因〟も存在するのではないかと自問している。ある種の力やエネルギーをわれわれがあくまで否定するのは、ごくごく限られたものである現代の知識では、その存在を説明できないからではないだろうか。世界各地の民間伝承や古くからの言い伝えでは実在のものとされている力やエネルギーを、〝神話〟や〝迷信〟という名でくくっているのは、自分たちの無知を正当化するためなのではないのか。

そうしたものは、気が遠くなるほど太古から存在する知恵であり、科学なのだ。有史以前からのものであり、滅びることもなければ、消え失せることもない。秘密にされてきた知恵も、いつの世もそれに仕える司祭や巫女にその黒い炎を守られながら、世紀から世紀へと受け継がれてきた。禁断の知識の黒い炎は……ピラミッドが建設される前のエジプトでも燃えていたし、今ではゴビ砂漠に埋もれている崩れ去った寺院でも燃えていた。アラビア人の言い伝えでは、預言者アブラハムが故郷カルデアにあるウルの町を歩いていた時代より一万年も前に、アラーにより、その魔術ゆえに石へと変えられてしまったアドの息子たちにも知られていたし、中国でも――チベットのラマ教の高僧に、ロシアの草原地帯で暮らすブリヤート族の祈禱師に、南太平洋の呪術師にも知られていた。

邪悪な知恵の黒い炎は……ストーンヘンジの陰鬱な立石《メンヒル》の影を深め、のちに古代ローマの軍団兵の手で煽られ、どういうわけか中世のヨーロッパで力を蓄えて……いまだに衰えることなく、力強く、燃えている。

前書きはこれくらいにしておこう。邪悪な知恵が——あれが本当に邪悪な知恵だったのだとしたら——その影を初めて私の上に投げかけてきたところから始めることにする。

第一章　不可解な死

病院前の階段をのぼっていたときに、時計が一時を打つのが聞こえた。いつもならとっくにベッドへ入って眠っているのだが、とても興味深い患者がいて、私のアシスタントであるブレイルから、明らかに進展がみられると電話をもらったため、自分の目で確かめに来たのだった。十一月初めの夜のことだ。私は階段をのぼりきったところで一息ついて、きらめく星空に目をやった。そのとき、病院の前に一台の車が止まった。

階段の上に立ったまま、こんな時間にどうしたのかと思っていると、車から一人の男がすっと降りてきた。人気のない通りを素早く見まわして、車のドアを大きく開く。別の男が姿を現した。二人で車内に身をかがめ、なにやらやっている。二人が身体を起こしたとき、それぞれの腕は、三人目の男の肩にがっちりとまわされていた。支えているというより、担ぐようにして歩きだす。三人目の男は頭をがっくりと垂れ、身体は力なく揺れていた。

四人目の男が車から降りてきた。

見知った顔だった。禁酒法の落とし子の一人、悪名高い裏社会の首領《ドン》であるジュリアン・リコリだ。何度か目を引かれたことがあった。とはいえ、そんなことがなくても、この男の顔や姿は新聞でおなじみとなっていた。長身痩躯で、銀白色の髪に、いつも一分の隙もない服装。外見は、告発されているような活動を率いている者というより、有閑階級の人間といった印象だ。

暗がりに立っていた私は、誰にも気づかれていなかった。影の外へと足を踏み出した。とたんに、男を運び込もうとしていた二人の男が猟犬を思わせる反応のよさで動きを止めた。どちらも空いている方の手をコートのポケットに突っ込む。その動きには不吉なものがあった。

「医師のローウェルだ」私は慌てて声をかけた。「病院の関係者だよ。さあ、来なさい」

二人は返事をしなかった。私に据えた視線も揺らがなければ、身じろぎ一つしない。リコリが二人の前に進み出た。彼の両手もまたポケットに突っ込まれている。私の全身にざっと目を走らせたあと、彼は二人にうなずいてみせた。私は緊張が解けるのを感じた。

「あなたを存じ上げていますよ、先生」リコリは奇妙なほど正確な英語で、愛想よく言った。「ですが、じつに危険な真似をなさいましたね。忠告してよろしければ、見も知らない人間が近づいてくるときは、あれほど急に動かないほうが身のためですよ、とりわけ夜に――この街では」

「だが、わたしはきみのことを知っているよ、リコリさん」

「それなら」リコリはうっすらと微笑した。「先生のご判断は二重の意味で間違ってらっしゃいますよ。そしてわたしの忠告は二倍も価値がある」

ぎこちない沈黙が流れる。それを破ったのはリコリだった。

「わたしのような人間は、そのドアの中に入れていただけるほうが、外で身をさらしているよりずっと気が安まるのですが」

私はドアを開けてやった。先に二人の男が重荷とともに通り抜け、そのあとにリコリが、そして私も続いた。ひとたび病院の中に入ると、私は医者としての使命感に突き動かされて、二人が運び込んだ男に近づいていった。二人がリコリに素早く視線を向ける。彼はうなずいた。私は男の顔を上に向かせた。

小さな衝撃が全身をつらぬいた。男の目は見開かれていた。死んでいるわけでもなければ、意識不明の状態でもない。私は長年にわたって正気の患者も、正気を失ってしまった患者も、またその中間にいる患者も診てきたが、男の顔には、そんな私でも目にしたことのない、この世のものとは思えないほどの恐怖の色が浮かんでいた。そこにあるのは、純粋な恐れではなかった。恐れと同じくらい心をかき乱す嫌悪感が含まれている。瞳孔の広がっている青い目が、顔に張りついた表情を強調していた。その両の目は、私を見上げ、刺しつらぬき、私のはるか後方を見つめていた。それでいて、男の内面に向けられてでもいるかのようだ——目に映し出された悪夢の光景がなんであれ、後方にも前方にもあるとでもいうような感じだった。

「まさに！」リコリが私の様子を間近で観察していた。「そのとおりですよ、ローウェル先生。わたしの友人はいったい、こんな表情になるようななにを見た——あるいは見せられたのでしょうか。わたしは知りたくてたまらないのです。それを知るためなら、金に糸目はつけません。友人の回復を心の底から願っています——が、あなたには率直に申しましょう、ローウェル先生。友人にこんなことをした者もわたしに同じことはできない——彼にしたようにわたしにすることはできない、彼に見せたものをわたしには見せられない、彼に味わわせているものをわたしには味わわせられない、それが確実となるなら、全財産をなげうってもかまわないと思っているのですよ」

私の合図で、病棟付きの職員たちがやってきた。患者を引き受け、ストレッチャーに横たえる。その頃には研修医も姿を現していた。リコリが私の肘に触れた。

「ローウェル先生、あなたがどのような方か、かねがねうかがっております」とリコリ。「ぜひとも友人の担当医になっていただきたい」

私はためらった。

リコリは真剣な顔で続けた。「ほかの患者のことは脇へおいていただけないでしょうか。すべての時間を友人にかけてほしいのです。意見をお聞きになりたい人がいれば呼び寄せてください。費用の面は考慮せずに――」

「ちょっと待ってくれないか、リコリさん」私は彼の言葉を遮った。「わたしには放っておくことのできない患者さんたちがいるんだ。手がふさがっていない時間はすべてきみの友人に使おう。わたしのアシスタントのブレイル医師もそうしてくれるだろう。きみの友人は、この病院で、わたしが百パーセント信頼しているスタッフたちが二十四時間態勢で看護する。そういう条件でもよければ、お引き受けしよう」

完全には満足していない様子だったが、リコリは黙ってうなずいた。私はほかの病室から離れた場所にある個室へ患者を運ばせて、必要な病院の手続きに取りかかった。リコリは書類に患者の名前をトーマス・ピーターズと記入した。近親者はなく、最も近しい友人として自分の名前を書き、いっさいの責任を負うと言って巻いた札束を取り出すと、千ドル札をさっと抜き出し、〝前払い金〟として受付に渡した。

診察に立ち会いたいか、私はリコリに尋ねた。彼は立ち会いたいと答えた。それから二人の部下に声をかけ、二人は病院の入口のドアの両脇にそれぞれ立った──見張りというわけだ。私はリコリをともなって、ピーターズが運ばれた病室へ行った。病院職員はすでに患者の服を脱がしており、彼は調節機能つきの簡易ベッドに横たえられ、シーツをかけられていた。先に行かせておいたブレイルは、ピーターズの上に身をかがめて、困惑の表情で、彼の顔を熱心にのぞきこんでいる。若いがひときわ有能で誠実なウォルターズ看護師がこの患者の担当についていたので、私は頼もしく思った。顔を上げたブレイルが私を見て、口を開いた。「なんらかの薬物ですね」

「おそらくは。だが、そうであるなら、わたしには未知の薬物だな。見ていてごらん、彼の目を──」

私はピーターズのまぶたを閉じてみせた。指を離すとすぐに、まぶたはゆっくりと上がりはじめ、やがてまたいっぱいに開いた。何度か試してみたが、毎回、目は見開いた状態となり──薄れることのない恐れと嫌悪がそこには宿っていた。

ピーターズの診察に取りかかった。全身の筋肉や関節から力が抜けていた。まさに人形のようにぐんにゃりしている。あらゆる運動神経が機能しなくなっているかのようだ。けれども、よくある麻痺の症状とはまるで違っている。背骨に沿って神経を刺激してみても、なんの反応も示さなかった。唯一の例外は、強い光をあてると、広がっている瞳孔がわずかに収縮することだ。

病理医のホスキンズが、血液検査のための採血をしに現れた。採血がすむと、私はピーターズの身体を丁寧に観察していった。刺し傷も、切り傷も、打撲傷も一つとして見当たらない。ピーターズは毛深かった。リコリに承諾を得て、体毛をきれいに剃らせた――胸も肩も脚も、髪さえも。薬物が皮下注射されたような痕跡はどこにもなかった。胃の内容物をすべて出させ、皮膚を含め泌尿器から検査サンプルを採取する。鼻と喉の粘膜も調べた。どちらも健康な状態で異常は見つからない――それでも念のため、サンプルを採取した。血圧は低く、体温も平熱よりわずかに低い――だが、こうしたことになんの意味もないかもしれなかった。アドレナリンを注射してみた。変化はまったくみられない。これは大きな意味があるかもしれなかった。

「かわいそうに」私はつぶやくように言った。「とにかく、わたしはきみの悪夢を消してあげるつもりだからね」

私は最小量のモルヒネをピーターズに皮下注射した。その効果は、せいぜい水を与えたのと変わらないくらいだった。思い切って、最大量のモルヒネを打ってみた。ピーターズの目は大きく開いたままで、そこに浮かんでいる恐れも嫌悪も薄れない。脈拍も呼吸も変化はなかった。

リコリは、こうした作業を食い入るように見つめていた。現時点で、できることはすべて試したので、私は彼にそう伝えた。

「とりあえずは、ここまでだね」と私。「あとは検査の結果が出てからだ。正直言って、途方に暮れているよ。こんな状態を引き起こす疾患や薬物は思い当たらない」

「ですが、ブレイル医師は」リコリが言った。「薬物だと――」

「一つの可能性として挙げただけですよ」ブレイルが慌てて口を挟んだ。「ローウェル先生と同じく、こんな症状を示す薬物はぼくも知りません」

リコリはピーターズの顔にちらりと目をやり、身を震わせた。

「さて」私は言った。「リコリさん、いくつか質問をさせてもらいたい。ピーターズさんは病気にかかっていただろうか。もしそうなら、治療を受けていた？ 病気でなくても、体調の不良を訴えていたことは？ 彼の態度や様子でいつもと違う点に気づいたことは？」

「どの答えもノーですよ。ピーターズとはこの一週間、ほとんどずっと一緒にいました。具合が悪いなどということはまったくありませんでした。今夜はわたしのアパートメントで、軽い夜食を食べながら話に花を咲かせていたのです。元気そのものでしたよ。それが、話している最中に言葉を止めて、聞き耳でも立てるかのように顔を少し傾けたんです。そのあと椅子から床へ滑り落ちました。わたしが駆け寄ってのぞきこんだときには、もう先生もごらんになったような状態でした。時刻はきっかり午前零時三十分。わたしはすぐさまピーターズをこの病院へ運ばせたのです」

「なるほど」私は言った。「おかげで症状が出た正確な時間がわかったよ。リコリさん、もう帰ってもらってかまわない、きみが残りたいというなら別だが」

リコリはきれいにマニキュアをした爪をこすりながら、しばらく自分の両手を見つめていた。

「ローウェル先生」ようやく彼は口を開いた。「先生が原因を突き止められないままピーターズが死んだら、先生には規定の謝礼を、病院には通常の料金を支払いますが、それで終わりです。ピーターズが死んで、死後その原因を突き止められたら、十万ドルを先生が指定する慈善団体に寄付しましょう。ですが、ピーターズが死ぬ前に原因を突き止め、彼がもとの元気な身体になったなら——先生に同じ額をお支払いしますよ」

その場にいた者はみなリコリをじっと見つめた。やがてこの異例の申し出がなにを意味するのか理解するにつれ、私は込み上げる怒りを抑えきれなくなった。

「リコリ、きみとわたしとでは住む世界が違う。だから、ここはぐっとこらえて、礼儀正しく答えよう。わたしは全力で、きみの友人がこんなことになった原因を究明するし、治療にもあたる。きみやピーターズが貧乏人でも、同じことだ。わたしが彼に関心を持つのは、医師としての腕を試される症例だからにすぎない。だが、きみにはこれっぽっちの関心もないのだ。きみの金にも。申し出にも。きっぱり断っているのだと受け取ってほしい。完全に理解してくれたかね?」

リコリは腹立たしげな様子はいっさい見せなかった。

「わたしとしては、先生が全力をそそいでくださるなら、それでかまいません」

「よろしい。ところで、すぐきみに来てほしいときはどこへ連絡すればいいんだろうか」

「差し支えなければ」リコリが答えた。「ぜひ——その、連絡係——を常時この部屋に置かせていただきたいのです。二人です。わたしを呼びたいときは、その二人に言ってください——そうすればすぐに駆けつけます」

私は思わずほほえんだが、リコリはにこりともしなかった。

「さっき先生は、わたしたちは住む世界が違うとおっしゃいましたね。先生だってご自分の世界で安全に仕事を進めるにはそれ相応の用心をなさるでしょう——わたしも、危険をできるかぎり回避するために、自分の生きる世界で決め事をしているのです。先生の診察室に潜むリスクをどう避ければいいか口出ししようだなんて、わたしは一瞬たりとも思いません、ローウェル先生。そして、わたしにも先生の理解できない危険があるんです。ええ——それを避けるために、わたしは打てる手を打っていくのです」

前代未聞の要望にはちがいなかった。とはいえ、リコリに好感にも近いものを感じていたところで、彼の考え方も十二分に理解できた。それがリコリにも伝わったのだろう、彼は食い下がった。

「ご迷惑をおかけするようなことはしません。先生の邪魔は決してしませんから。わたしの不安が的中するなら、二人の部下は先生を守ることにもなるでしょうし、先生の手伝いにもなるはずです。ですが、連中も、連中と交代する者たちも、昼夜を問わず病室にいなければなりません。ピーターズが部屋から移される場合は、連中もついていく——それがどこだろうとです」

「では、そう段取りをしよう」私は答えた。そのあと、リコリに頼まれて、病院職員を玄関へ行かせた。職員はリコリがドアの脇に見張りとして立たせていた男の片方を連れて戻ってきた。リコリがその部下になにごとかささやく。部下は病室を出ていき、ほどなくして、新顔が二人やってきた。その頃には、私は特異な事情について研修医や病院事務長に説明をすませ、リコリの部下が病室に詰めるのに必要な許可を得ていた。

新顔はどちらもきちんとした身なりで、折り目正しく、固く結んだ口元に、油断のない冷たい目つきをしていた。男の一人が、ちらりとピーターズを見た。

「なんてことだ!」男は低い声をあげた。

病室は角部屋で、窓が二つあり、一つは表通りに面し、もう一つは脇道に面していた。廊下に出るドアを除けば、ほかに外へ通じる場所はない。病室に付属のトイレは壁に囲まれ、窓はついていなかった。リコリと二人の部下は室内を念入りに調べていたが、誰も窓に近づかないことに私は気づいた。リコリが、部屋を暗くしてもかまわないかと尋ねる。私は大いに興味をそそられ、うなずいてみせた。明かりが消えると、三人は窓辺に行って窓を開け、六階下の通りまですとんと垂直になっている壁を注意深く調べた。表通りの向こうは公園が広がっている。脇道側には教会が立っていた。

「おまえら、こっち側から目を離すんじゃないぞ」リコリの声が聞こえ――彼は教会を指さしていた。「先生、もう明かりをつけてかまいませんよ」

リコリはドアに向かいはじめたが、すぐに足を止めて振り返った。

「わたしには敵が多いのです、ローウェル先生。ピーターズは右腕でした。あの男を襲ったのが敵の誰かなら、わたしにダメージを与えるためにやったのでしょう。ひょっとすると、わたしを襲撃する機会がなかったせいかもしれません。ピーターズのことを考えると、このリコリが、生まれて初めて――恐怖を覚えるのです。次は自分の番であってほしくはない、地獄をのぞきこみたくはないのです!」

私は心の中でうなった!　自分が感じながらも言葉にできていなかったものを、リコリが言い得ていたからだ。

リコリはドアを開けようとして、またもやためらった。

「もう一つだけ。ピーターズの具合について問い合わせの電話がきたら、この二人のどちらかを、あるいは交代した部下を電話口に出してください。誰かがじかに問い合わせに現れたら、この病室まで上げてください――ただし、来訪者が複数だった場合は、一人ずつ寄越すようにお願いします。身内だと名乗る面会者がやってきた場合も、この者たちに対応させてください」

リコリは私の手をぎゅっと握ったあと、病室のドアを開けた。腕が立ちそうな別の二人の部下が、ドアの外で彼を待っていた。すぐさまリコリを前後に挟む。リコリは歩み去りながら、胸の前で大きく十字を切っていた。

ドアを閉めた私は、ベッドのそばに戻って、ピーターズを見下ろした。

信心深ければ、わたしも十字を切っていただろう。ピーターズの表情が変化していた。恐れも嫌悪もすっかり消えている。私のはるか後方を見ると同時に自分の内面を見つめているように思えるのは相変わらずなのだが、その目によこしまな期待が宿っていた――あまりの邪悪さに、どんなおぞましいものが忍び寄ってきているのかと不安に駆られ、私は思わず肩越しに振り向いた。

なにもなかった。銃を携帯しているリコリの部下の一人が、窓のそばの影になっている隅で椅子に腰掛け、向かいの教会の屋上をぐるりと囲んでいる腰壁を見つめている。もう一人はドアのそばに椅子を置いて無表情で座っていた。

ブレイルとウォルターズ看護師は、ベッドの反対側にいた。どちらの目も恐怖に魅入られたようにピーターズの顔に釘付けになっている。そのうちブレイルが、先ほどの私と同じで、振り向いて背後を見まわした。

突然、ピーターズの目の焦点が合って、私たち三人の存在に気づいたように、室内の様子を意識したように思えた。その目が邪悪な喜びにきらめく。精神のたがが外れた感じではなく——悪魔めいた喜びだった。愛してやまない地獄から長年にわたって追放されていた悪魔が、突如として呼び戻されたような表情だった。

あるいは、誰かに取り憑くために地獄から勢いよく放たれた悪魔の喜びといったほうがいいだろうか。

こんなたとえが、いかに荒唐無稽で、まったく非科学的かということは、よくわかっている。とはいえ、その奇妙な表情の変化について、ほかに言い表しようがなかった。

次の瞬間、カメラのシャッターが下りたように、その表情が消えて、さっきまでの恐れと嫌悪が戻った。人知れず私は安堵のため息を漏らした。比喩ではなく、邪悪な存在が引き揚げたような気がしたからだ。看護師は身を震わせていた。ブレイルが張り詰めた声で尋ねる。「もう一本、皮下注射を打ちますか?」

「いいや」私は答えた。「薬剤はなしで、この経過を——それがどんなものであれ——観察してほしい。わたしは階下《した》の検査室へ行ってくる。戻ってくるまで、患者から目を離さないように頼むよ」

検査室へと下りていった。ホスキンズが顔を上げて私を見た。

「これといって異常はないですね。健康そのものと言っていいでしょう。もっとも、手元にある検査結果はどれもすぐに出るものばかりですが」

私はうなずいた。ほかの検査でも異常は見つからないような予感がした。ピーターズの顔と目に次々と浮かんでいった、地獄をのぞいたような恐怖、よこしまな期待、そして悪魔めいた喜びの表情に、自分でも認めたくないほど動揺していた。この患者については困惑することばかりだ。あるドアの外に立っていて、それを開けなければ生命にかかわるほど重要だというのに、私には鍵がないどころか、鍵穴さえ探し当てられないという悪夢を見ているような気がした。顕微鏡での作業に集中すると、問題をより多角的に考えられることがよくある。そこで、ピーターズの血液をつけたスライドを何枚かとって、なにかを見つけようと期待するわけではなく、まだ眠っている部分の脳を活性化させるために、調べはじめた。

四枚目のスライドをのぞきこんでいたとき、ふいに自分が信じがたいものを目にしていることに気づいた。スライドを適当に動かしていると、白血球が一つ視界に入ってきた。ただの白血球が一つ——だが、その内部で燐光がきらめき、さながら小さなランプのように輝いていたのだ！

初めは照明の具合かと思ったが、明るさを変えても、白血球の内部のものは輝いたままだった。私は目をこすって、再び顕微鏡をのぞいた。ホスキンズを呼んだ。

「奇妙なものが見えたら、教えてくれないか」

ホスキンズは顕微鏡をのぞきこんだ。驚いた様子で、私がしたように照明を調節している。

「なにが見える、ホスキンズ?」

彼はレンズ越しに見つめたまま答えた。

「内部で球形の燐光が輝いている白血球です。照明を強くしても輝きは弱まりませんし、照明を暗くしても輝きは増しません。その球形のものが入っていることを除けば、血球は正常のようです」

「とはいえ、そんなことはとうていありえない」

「確かに」ホスキンズは身体を起こしながら同意した。「ですが、現実に存在しています！」

私はその白血球を別に保存したくて、スライドを極微操作装置のついた顕微鏡に移し、操作針の先で血球に触れた。その瞬間、白血球は爆発したかのようだった。球形の燐光が平たくなったように見えたあと、ごく小さな稲妻の閃光めいたものがスライドの視界全域に広がったのだ。

そして、それで終わりだった――燐光は消えていた。

私とホスキンズはスライドを次々と顕微鏡に設置しては調べていった。微小の光る球形をさらに二つ発見し、どちらも同じ結末をたどった。白血球が爆発して――内部で明滅していた燐光は跡形もなく消える。

検査室の電話が鳴った。

ホスキンズが受話器をとった。

「ブレイル先生からです。お戻りくださいとのことです――それも至急に」

「では、あとは頼むよ、ホスキンズ」私は言って、ピーターズの病室へ急いだ。病室に入ると、ウォルターズ看護師がベッドを背にこちらを向いて立ち、血の気の引いた顔で目を閉じていた。ブレイルは患者の上に身をかがめて、聴診器を胸にあてている。私はピーターズの顔に目をやった。たちまち、なにか理性では説明できない恐怖に心臓をひと撫でされたように、足がすくんでしまった。ピーターズの顔にはあのよこしまな期待の色が浮かんでいたのだが、それがいっそう濃いものになっていた。見つめているうちに、その表情が悪魔めいた喜びへと変わり、それも先ほどより強烈なものになっている。ところが、その表情も、ものの数秒と経たないうちに消えてしまった。期待に満ちた表情が戻り、また、悪魔めいた喜びに変わる。二つの表情は慌ただしく入れ替わった。ピーターズの顔に交互で現れるそのさまは——彼の血液中にある白血球の内部で小さな明かりが明滅しているのにも似ていた。ブレイルがこわばった唇から言葉を吐き出した。

「彼の心臓は三分前に停止しました！　死んでいるはずなんです——それなのに、聞こえて——」

ピーターズの身体が伸びて、硬直した。唇から音が漏れ聞こえてくる——忍び笑いだ。低いが、奇妙によく通る、人間らしさのかけらもない、悪魔のような耳障りな笑い声だった。窓辺にいたリコリの部下がさっと立ち上がり、そのはずみで椅子が床に倒れる。笑い声は途切れ途切れになって消えていき、ピーターズの身体は硬直が解けてぐったりとした。

ドアを開く音がしたかと思うと、リコリの声が聞こえてきた。「ピーターズはどんな具合ですか、ローウェル先生？　どうにも眠れないもので——」言いながら、彼はピーターズの顔に目をやった。

「なんということだ！」リコリはかすれた声をあげ、その場に膝をついてしまった。

そんなリコリの様子を私は視界の端でぼんやりとらえていた。ピーターズの顔から視線をそらせなかった。勝ち誇った悪魔がにやにや笑う顔そのもので——人間らしさが残らずかき消されている——狂気に取り憑かれた中世の画家が描いた地獄から、そのまま抜け出てきた悪魔の顔だった。今や純粋な悪意を宿した青色の瞳がリコリをねめつけていた。

やがて、死体の両手が動きはじめた。ゆっくりと肘から先が上がって、指が鉤爪のように曲がっていく。シーツの下で身体が小さく動いて——

悪夢を見ているような呪縛が解けた。この数時間で初めて、自分の慣れ親しんだ世界に足が着いていた。それは死後硬直で、死体が硬くこわばっていく現象——だが、それが通常より早く始まり、見たこともない速さで進んでいくのだ。

ベッドへと歩み寄った私は、ねめつけているピーターズの目にまぶたを下ろし、おぞましいその顔にシーツをかけた。

リコリに視線を向けると、彼は床に膝をついたまま、十字を切って祈りを捧げていた。そのそばで膝をついて彼の肩を抱いてやっているのはウォルターズ看護師で、彼女も祈りの言葉をつぶやいている。

どこかで時計が五時を打った。

第二章　問い合わせの手紙

家まで付き添おうかとリコリに声をかけたところ、彼は意外なほどあっさり承諾した。気の毒なほどに動揺していた。車の中ではみな無言で、口を引き結んだ部下たちは油断なく警戒していた。私の目の前には、ピーターズの顔が浮かびつづけていた。

私はリコリに強い精神安定剤を与えると、部下を見張りに立たせて彼が眠りに落ちたのを見届けてから、家をあとにした。リコリにはピーターズの検案を徹底して行うつもりだと話してあった。

リコリの車で病院まで送り届けてもらったとき、ピーターズの遺体はすでに安置所に移されていた。ブレイルによれば、死後硬直は一時間としないうちに全身に及んだと言う――考えられないほどのスピードだった。検案に必要な段取りをすませてから、ブレイルをともなって自宅に戻り、数時間の仮眠をとった。今回の件で受けた異様に厭わしい印象を言葉で表すのは難しい。ただ一つ言えるのは、私はブレイルがそばにいてくれて救われた気持ちだったが、どうやら彼のほうでも同じように感じているらしかった。

目が覚めたとき、悪夢のような重苦しい感じはさほど強くなかったものの、まだ残っていた。

検案に取りかかったのは午後二時頃だった。自分でもいやになるほどためらいがちにピーターズの遺体からシーツをはがして、唖然とした。彼の顔から悪魔めいたものが、きれいさっぱり消えていたのだ。穏やかな表情で、しわ一つなく――肉体的にも精神的にも苦しむことなく、安らかに死んでいった男の顔だった。手を持ち上げてみたところ、ぐにゃりとした感じで、全身の筋肉や関節もやややわらかくなっており、硬直は解けていた。

微生物によるものかどうかはわからないが、自分がまったく新しい、あるいは少なくともまだ知られていない死体現象にかかわっているのだと初めて確信を抱いたのは、このときだったように思う。死後硬直は、生前の患者の状態や気温などさまざまな要因によって変わるものの、一般的には、死後二、三時間から始まり、二十四時間くらいで全身に及ぶ。そして、四十八時間から七十二時間はその硬直が維持されるのだ。普通、硬直は早く始まれば、解けるのも早く、遅く始まれば、解けるのも遅くなる。糖尿病患者の場合は、そうでない場合よりも早い。銃で撃たれたときのように、いきなり脳に損傷を受けた場合は、さらにそれよりも早くなる。ピーターズの場合は、死亡直後に始まり、五時間足らずという驚くべき速さで硬直が解けたにちがいない――というのも、午前十時頃に遺体を確認した病院職員が、まだ硬直は始まっていないと思ったと話してくれたからだ。実際には、硬直が解けたあとだったわけだが。

検案の結果は、二つの文で表現できた。ピーターズが死亡する原因となったものはいっさい不明。それなのに、彼は死んでいる！

ホスキンズが報告書をまとめてくれたあとでも、この相容れない二つの文は矛盾したままだった。ピーターズが死すべき理由は一つもなかった。それでも、死んだのだ。顕微鏡で確認した得体の知れない発光体が彼の死になんらかの関係があったのだとしても、その痕跡は見当たらなかった。内臓その他もなんの問題もない状態だった。まさに健康そのものだったのだ。またホスキンズは、私が検査室を出ていってから、発光体を含む新たな白血球は発見できていなかった。

その夜、私はピーターズの症例でみられた状況を簡潔に説明した短い手紙をしたためた。表情の変化については詳しく言及せず、用心して、〝異様なしかめ面〟や〝激しい恐怖感〟とするに留めた。同じ内容の手紙をブレイルと次々につくって、ニューヨーク市の医師全員に郵送する。その一方で、私は手紙と同じ内容の問い合わせを密かに病院にしてまわった。手紙には、似た症状の患者を診たことがあるか、あるなら、その詳細、患者の氏名、住所、職業、とくに興味を覚えた点を――もちろん、職業上の秘密となっていることではあるが――教えてほしいと記していた。自分の評判の高さからいって、手紙を受け取った医師がこの問い合わせを、単なる興味本位や、わずかでもよからぬ魂胆によるものだと考えることはないだろうと踏んでいた。

私は七通の返事を受け取り、そのうちの一通を書いた医師は実際に訪ねてきてくれもした。一通を除けば、どの手紙にも、医師としてどこまで守秘義務を守るかはそれぞれだったが、私の質問に対する答えが記されていた。すべての手紙に目を通してみると、明らかにここ半年で、意外なほど生活状況や立場に共通点のない七人が、ピーターズのように死亡していた。

日付順に書いていくと、次のとおりだ。

五月二十五日。ルース・ベイリー。独身。五十歳。それなりに裕福。名士録に名前が載っており、評判はことのほかよかった。慈善活動に熱心で、子供好き。

六月二十日。パトリック・マッキルレーン。煉瓦職人。妻と子供が二人。

八月一日。アニタ・グリーン。十一歳。両親はごく普通の生活環境で教養がある。

八月十五日。スティーヴ・スタンディッシュ。軽業師。三十歳。妻と子供が三人。

八月三十日。ジョン・J・マーシャル。銀行家。六十歳。児童福祉に関心を寄せていた。

九月十日。フィニアス・ディモット。三十五歳。空中ぶらんこ乗り。妻と幼い子供が一人。

十月十二日。ホーテンス・ダーンリー。三十歳前後。無職。

二人を除いて、住所は市内のあちこちに散らばっている。

どの手紙にも、死亡直後に硬直が始まり、急速に進行していったことが記されていた。そして、発作が起きてから死亡に至るまで約五時間だったとある。そのうち五通は、私を狼狽させたあの表情の変化について言及していた。慎重に言葉を選んでいるところから、医師たちの困惑が読み取れた。

〝患者の目は開いたままでした〟と、ルース・ベイリーの主治医は記していた。〝凝視しているものの、周囲のものを認識している様子はなく、焦点も合っていません。そもそも、目の前にあるものが見えているという確証が得られませんでした。著しい恐怖の表情は、死が近づくにつれて、こちらの心をひどくかき乱すものへと変わっていき、死後いっそう強烈なものとなりました。死後硬直は、患者が息を引きとってから五時間と経過しないうちに完成して緩解しました〟

煉瓦職人だったマッキルレーンの担当医は、生前の患者の様子については触れていなかったが、死後の表情に関してはいくらか書いてあった。

〝あれは、ヒポクラテス顔貌と呼ばれる筋収縮とは似ても似つかないものでしたし、死の微笑として広く知られている、見開いた目に、ゆがんだ口元、というようなものでもありませんでした。死亡後に苦悶のあとはいっさい見られず――どちらかというと、正反対でした。尋常ならざる悪意の表情、という表現をしたいと思います〟

軽業師だったスタンディッシュを診察した医師の返事は形式的なものだったが、〝間違いなく死亡を確認したあと、患者の喉から奇妙に耳障りな音が漏れ出ました〟というコメントがついていた。ひょっとすると、この〝音〟は、ピーターズの喉から漏れ出たのと同じ、悪魔のような笑い声だったかもしれない。もしそうなら、この医師がその〝音〟について詳しく語っていないのも、よく理解できた。

銀行家の治療にあたった医師を私は知っていた――独善的で、尊大な、金儲け主義の男だ。〝死因については、疑問の入り込める余地はまったくない〟彼はこう記していた。〝脳の血管がいかなる場所かで詰まった血栓症であることは明々白々である。顔のゆがみはもとより、硬直に関する時間的な問題もなんら意味のあるものとは考えられない。いいかね、親愛なるローウェル〟彼は偉ぶって付け加えていた。〝死後硬直からなんでも証明できるというのは、法医学における基本法則にすぎん〟

私は、血栓症の疑いがあるとする診断も、開業医が無知ぶりを隠す方便だと、返事を書きたい気分になったが、そんなことをしても、彼のしたり顔を消せるわけもなかった。

空中ぶらんこ乗りだったディモットについての返事は、顔のゆがみや音に関する所見もない簡潔なものだった。

だが、少女アニタを診た医師は、かなり詳細な返事をくれていた。

〝きれいな子でした。痛みで苦しんでいるわけではないようでしたが、発作時の、どこかを凝視している少女の目に浮かんでいた恐怖の深さに、わたしは衝撃を受けました。目が覚めたまま悪夢を見ているような感じで——というのも、死ぬまで意識はあったからです。モルヒネを致死量ぎりぎりまで投与しましたが、症状に変化はなかったばかりか、心臓や呼吸への影響も見られませんでした。その後、目の中の恐怖は消え、別の感情が浮かんできましたが、この手紙にしためるのは控えさせていただきます。ですが、先生がお望みでしたら、直接お目にかかってお話しいたします。死亡後の少女の状態は非常に心をかき乱すもので、それについても、やはり、文章で書くより、口頭でお伝えしたいと存じます〟

急いでいたのか、筆跡の乱れた追伸があった。ためらったあげく、結局は心の重荷を一人で抱え込んでおけなくなって、いっきに書き上げたのが目に見えるようだ。そして彼は、考えが変わらないうちにと、投函して——

〝少女は、死ぬまで意識はあったと書きました。わたしを悩ませつづけているのは、肉体的には死んだあとも、彼女には意識があったと考えざるをえないことなのです！　話を聞いていただければと思います〟

満足を覚えて、私はうなずいた。問い合わせの手紙では、あえてその点は伏せておいたのだ。

ほかの患者の場合も死後に笑い声を漏らしたのだとすれば、今では、きっとそうにちがいないと信じていたが、スタンディッシュを診察した医師以外は、みな、私と同じで慎重――もしくは、気後れしたのだろう。私はすぐにアニタを看取った医師に電話した。彼の混乱ぶりは相当のものだった。アニタに見られた症状は、どれもピーターズの場合と符合していた。彼は何度も繰り返し言った。

「天使のように愛らしくて、いい子だったのに、それが悪魔に変わってしまったんです！」

私が、なにか発見があったら連絡すると約束し、電話を終えてほどなく、ホーテンス・ダーンリーを担当したという若い医師が訪ねてきた。仮に、Y医師としておこう。Y医師は、医学的な面では、すでに私が知っている以上のことをもたらしてくれなかったが、彼の話から、問題にどう取り組んでいけばいいのかという方向性が初めて見えた。

Y医師によれば、彼の診療所は、ホーテンスが住んでいた部屋と同じ建物の中にあるという。ある晩、残って仕事をしていると、十時頃に、ホーテンスのメイドだという有色人種の若い娘に往診を頼まれた。患者はベッドに横たわっていたが、Y医師がまずぎょっとしたのは、ホーテンスの恐怖の表情と身体のどの部分にも異様な弛緩が見られたことだった。彼の説明では、ホーテンスは、ブロンドで青い目の〝お人形さんタイプ〟の女性だった。

ホーテンスの部屋には男性が一人いた。初めのうち、男性は名前を言い渋り、単なる友人だと答えた。Y医師は、一見したところ、患者はなんらかの暴力を受けたのではないかと思ったが、調べていっても、打撲傷もそのほかの傷も見当たらなかった。その〝友人〟が言うには、二人で夕食を食べていたときに、「ダーンリーさんは全身の骨がやわらかくなっちまったみてえに、いきなりどさっと床に倒れ込んで、もうどうすることもできなかったんだ」ということだった。メイドもそのとおりだったと答えた。テーブルには食べかけの夕食が残っていて、〝友人〟もメイドも口をそろえて、ホーテンスは上機嫌だったと断言した。口論もなかったと言う。しぶしぶではあったが、その〝友人〟は、発作が起こったのは三時間前のことで、自分たちでホーテンスを〝回復〟させようと奮闘していたが、私がピーターズの症例で触れてあった表情の入れ替わりが始まるようになってようやく、Y医師を呼びに行ったのだと認めた。

症状が進む中で、メイドは怯えのあまりヒステリックになって、逃げ出してしまった。〝友人〟のほうはもっと気丈で、ホーテンスの最期を見届けた。とはいえ、死後の現象には、Y医師もそうだったのだが、すっかり度を失っていたということだ。Y医師がこの件は検死官が扱うべきものだときっぱり告げると、それまで口が重かった〝友人〟は態度をあらためて自分からジェームズ・マーティンと名乗り、徹底した検死を真剣に望んだ。マーティンはその理由を率直に語った。ホーテンスは彼の愛人で、「ただでさえトラブルを抱えてるってえのに、このうえ死の責任までなすりつけられたんじゃや、たまんねえからな」ということだった。

念入りな検死解剖が行われた。病気も見つからず、毒が使われた痕跡もなかった。心臓弁膜にわずかに問題があったが、それを除けば、ホーテンス・ダーンリーは健康そのものだった。検死官は、心臓疾患による死だと判断した。だがY医師は、彼女の死は心臓とはまったく関係ないと信じて疑わなかった。

言うまでもなく、ホーテンス・ダーンリーの死が、ほかの患者たちと同じ原因か作用によるものだということは、火を見るよりも明らかだ。だが、私がなにより注意を引かれたのは、彼女のアパートメントが、リコリが私に教えてくれたピーターズの家から目と鼻の先にあるという事実だった。さらに、Y医師が受けた印象が正しければ、マーティンはピーターズと同じ世界の住人のようだ。この二つのケースでは、つながりが見つかったように思った——ほかのケースでは不明だが。私はリコリに連絡して、これまで集めた情報を伝え、できるものなら彼の協力を取り付けようと心に決めた。

調査にかかってから二週間近く経っていた。この間に、私はリコリとかなり親しくなっていた。なにしろ、リコリは現代の世相が生み出した存在としてきわめて興味深かったし、その評判にもかかわらず、私は彼が気に入っていたからだ。リコリは驚くほど博識で、モラルを度外視しているものの高い知性の持ち主でもあり、感覚が鋭く、迷信深い——中世にでも生まれていたら、知恵と剣を武器に、ヨーロッパでその勇名を馳せたイタリア傭兵《コンドッティエーレ》の隊長にでもなっていたかもしれない。私はリコリの先祖は何者だったのだろうかと思いを巡らせた。ピーターズの死後、リコリは何度も私を訪ねてきており、私の好意が一方的なものでないことは明白だった。来るときは決まって、病院の窓辺で警戒にあたっていた口元を引き結んだ男が護衛としてついていた。この男の名前がマッキャンだということも、私は教えられていた。マッキャンはリコリが最も信頼しているボディーガードで、彼も銀白色の髪のボスに心からの忠誠を誓っているようだ。マッキャンも味のある人物で、私は好感を持っていた。間延びしたしゃべり方をする南部人で、彼の言葉を借りると、〝アリゾナで雌牛どもの面倒を見ていたが、国境付近で有名になりすぎちまった〟らしい。

「おれを好きに使ってくれてかまいませんぜ、先生」マッキャンは私に言った。「先生は間違いなくボスにいい影響を与えてくれるお人だ。ボスの意識を仕事からちょいとそらしてくれる。それに、ここへ来るときゃ、おれもポケットから両手を出しっ放しにしておける。先生の邪魔をしようってやつが現れたら、いつでも連絡してください。一日休みをもらって、来ますんで」

　そう言ったあと、マッキャンはさりげなく、「おれは三十メートル離れた場所から二十五セント硬貨を六連発銃で飛ばせますぜ」と付け加えた。

　冗談なのか本気なのかわからなかった。いずれにしても、リコリはどこへ行くにも必ずマッキャンを連れていた。そのマッキャンをピーターズの見張りにつけていたということは、それだけリコリはピーターズを大事に思っていたのだ。

　私はリコリに連絡して、今夜わが家で、ブレイルも交えて食事をしようと誘った。七時に現れたリコリは、運転手へ向けて十時に迎えに来るよう言った。われわれ三人はテーブルにつき、マッキャンはいつものように廊下で見張りに立って、映画に登場するような用心棒の役割を演じ、二人の夜勤の看護師を――自宅に小さな診療所を併設しているのだ――ぞくぞくさせていた。

　食事がすむと、私は執事を下がらせて、本題に入った。リコリに問い合わせの手紙のことを説明し、その結果、ピーターズと似たケースが七件見つかったと伝えた。

「ピーターズが亡くなったのは、きみとの関係のせいだとは、もう考えなくていいんだよ。そう、彼の血液中にあった小さな光る球体のことも含めて」

とたんに、リコリの顔が蒼白になった。胸元で十字を切る。

「魔女《ラ・ストレガ》だ」リコリがつぶやいた。「魔女ですよ！　魔女の火だ！」

「なにばかなことを言っているんだ！　リコリ、つまらない迷信なんて忘れてくれないか。こちらは協力を求めているというのに」

「あなたは科学に頼るあまり見えていないんですよ！　ローウェル先生、この世には確かに――」リコリは熱っぽく言いかけたが、言葉を切って、自分を抑えた。「わたしになにをしてほしいのですか？」

「まず」私は言った。「この八人の症例を調べて、その内容を吟味してほしいんだ。ブレイル、きみはなんらかの結論を出しているのかい？」

「はい」とブレイル。「八人とも殺害されたのだと思います！」

第三章　死とウォルターズ看護師

ブレイルの言葉は、私の頭の片隅に潜んでいた考えそのもので――自分の知るかぎり、その考えを裏付ける証拠は一つもないのだが――そのことに私は腹立たしさを覚えた。

「きみはわたしより頭がいいな、シャーロック・ホームズ」私はからかうように言った。

顔を赤らめたものの、ブレイルは頑なに繰り返した。「みんな殺害されたのです」

「魔女《ラ・ストレガ》だ！」リコリがささやくように言い、私は彼をにらみつけた。

「もったいぶらないでくれよ、ブレイル。そう考える根拠は？」

「先生は二時間近くピーターズのそばを離れてらっしゃいました。でも、ぼくは初めから終わりまでずっと彼についていました。ピーターズの様子を観察していたとき、すべての問題は心の中にあるような印象を受けたんです――正常に機能することを拒んでいるのは、彼の肉体でも、神経でも、脳でもなく、意志だという印象を。いえ、厳密には違います。なんというか、彼の意志が肉体を機能させることに注意を払わなくなって――それどころか、死滅させることに集中している感じだったのです！」

「きみの説明どおりなら、殺人ではなく自殺になるだろう。まあ、そんな場合もある。わたしは生きる気力を失って死んだ例を何件か見てきて――」

「そういう意味じゃないんです」ブレイルが言葉をかぶせるようにして言った。「先生がおっしゃっている例は消極的なものでしょう。今回のは積極的な――」

「おいおい、ブレイル！」私は正直なところ、あっけにとられていた。「まさかきみは、八人全員が自ら進んで死んだと言っているんじゃないだろうね――しかも、そのうちの一人はほんの十一歳の子供なのに！」

「そうは言ってません」とブレイル。「ぼくが感じたのは、そもそもピーターズの意志がそうしているのではなく、彼の意志をがっちりと絡め取り、その内部に細い触手を入り込ませている別の意志がやっているということなんです。その別の意志にピーターズは抵抗できなかったのか、それとも、抵抗する気がなかったのでしょう――少なくとも、最後の段階では」

「いまいましい魔女め《ラ・マレデッタ・ストレガ》」リコリがまたつぶやいた。

私は苛立ちをこらえて、じっくりと考えてみた。なんだかんだいっても、私はブレイルを高く買っていた。とても優秀で、信頼に足る人物で、だからこそ、彼が口にした考えを一蹴することはできなかった。

「一連の死が他殺だとして、どのようにして行われたのか、なにか考えはあるのかい？」私は穏やかに尋ねた。

「いいえ、まったくありません」ブレイルは答えた。

「では、殺人における理論を考えてみよう。リコリ、この方面に関しては、わたしたちよりずっと経験豊富だろう。だから、魔女のことはひとまず忘れて、しっかりと聞いてほしい」私は有無を言わせぬ口調で釘を刺した。「どんな殺人にも、三つの必要不可欠な要素がある――方法、機会、動機だ。順番に考えてみよう。最初は――方法だ。

薬物中毒か感染症によって殺害できる方法は三つ。鼻を通してか――この場合はガスも含まれる――口を通してか、皮膚からか。ほかにも方法がないわけではない。たとえば、ハムレットの父親は、耳から毒をそそぎこまれたとされている――わたしはこの方法にはかねてから疑問を持っているけれどね。殺人が行われたとする仮定を進めていくなら、鼻と口と皮膚以外の経路は除外してもかまわないだろう――そして皮膚の場合は、血中に至らしめる方法として、吸収および注射がある。皮膚、呼吸器官の粘膜、食道、内臓、腹腔、血液、神経、脳――そういったものに、なにか証拠があっただろうか？」

「なかったのは先生もご存知でしょう」ブレイルが答えた。

「確かに。あるのは謎めいた光る白血球だけで、経路を示す証拠は一つもない。だとすると、殺人における理論の基礎となる一つ目の要素はなにもないというわけだね。では、二つ目を考えよう――機会だ。

死亡したのは、不倫していた女性、裏社会の男性、良家の独身女性、煉瓦職人、十一歳の少女、銀行家、軽業師、空中ぶらんこ乗り。どうにもちぐはぐな集団と言えないだろうか。一般的に考えれば、おそらくサーカス団にいる男性二人と、ピーターズとホーテンス・ダーンリーを除けば、共通点のある者はいないはずだ。ピーターズを殺せるほど接近できる機会のある人物が、どうすれば同様に、名士録に名前が載っているほどの良家の女性であるルース・ベイリーに近づけるのか。銀行家のマーシャルに接触できる人物は、どうすれば軽業師のスタンディッシュにも接近できるのか。ほかの例でも――その難しさがわかるだろう？　どんなものであれ、死を引き起こすほどのものを与えるなら――彼らが殺害されたとするならだが――偶然の出会いというものではなかったはずだ。ある程度は親しかったと言うことができる。そうじゃないか？」

「そういう面はあったと思います」ブレイルは認めた。

「八人がみな近所に住んでいたなら、仮想の殺人者も手を伸ばせたと考えることもできただろう。だが、実際には――」

「ちょっといいですか、ローウェル先生」リコリが割って入った。「八人になにか共通の関心事があって、彼らのほうが殺人者の手の届く範囲に入ったということはないでしょうか」

「これほど年齢も職業も性別も異なるグループに、どんな共通の関心事があったというんだね？」

「手紙の返事とマッキャンから聞いた話が、ある共通の関心事をはっきりと示しているのです」

「どういう意味だい、リコリ？」

「子供ですよ」リコリは答えた。

ブレイルがうなずいた。「ぼくも子供が共通する可能性に気づいてました」

「返事の内容を考えてみてください」リコリが言葉を続けた。「ルース・ベイリーは、慈善活動に熱心で、子供好きと書かれていたんじゃありませんでしたか。彼女の慈善活動は、子供を支援するものだったかもしれません。銀行家のマーシャルは、児童福祉に関心を寄せていた。煉瓦職人と軽業師と空中ぶらんこ乗りは子持ち。アニタは子供でしたね。じつはピーターズには妹がいて、その妹の子をピーターズは溺愛していたんです。そして、マッキャンの話では、知り合いのジェームズ・マーティンの愛人だったホーテンス・ダーンリーも、その子に夢中だったようです」

「だが」私は反論した。「殺人なら、八人とも同じ犯人に殺されたことになる。全員がある一人の赤ん坊、もしくは子供、あるいは同じ集団の子供たちに関心を寄せていたなどということはとても考えられないよ」

「おっしゃるとおりです」ブレイルが言った。「ですが、八人がそれぞれ大切に思う子供のためになる、あるいは子供が喜ぶと信じていた、とても特別なものに興味を持っていたということはありうるのではないでしょうか。そして、その特別なものは、一箇所でしか手に入らないのかもしれません。これが事実だとわかれば、その場所を調べるだけの価値はあるでしょう」

「ああ。間違いなく、その価値はあるね。とはいえ、わたしにはその共通の関心事という考え方には別の見方もあるように思えるんだよ。亡くなった者たちの各家庭で、特定の人物に共通の関心があったのかもしれないと。たとえば、殺人者はラジオの修理人だったかもしれない。配管工や集金人だった可能性もあるし、それを言うなら、電気工やそのほかいろいろ、例を挙げたらきりがない」

ブレイルは肩をすくめてみせた。

リコリは反応を示さなかった。私の言葉など聞こえなかったように、じっと考えにふけっている。

「聞いてくれないか、リコリ」私は声をかけた。「ここまで話を進めたのだ。殺害方法は――殺人だと仮定して――不明だ。殺害の機会は――仕事や職業などが八人それぞれに関係があって、八人が訪ねていったか、八人を訪ねたかした人物を探し出す必要がある。今言った〝仕事〟は、ことによると、赤ん坊か、それよりもっと大きな子供に関係したものかもしれないな。さて、今度は動機だ。復讐、利得、愛、憎しみ、嫉妬、自衛……。どれもぴんとこないのは、またしても、八人の立場があまりにばらばらなせいだ」

「死に対する興味を満足させるため、というのは――動機とは呼べないでしょうか」ブレイルが妙なことを言い出した。リコリが椅子から腰を浮かせ、好奇心のとりこになったような目でブレイルをじっと見つめる。すぐに椅子に腰掛け直したものの、今やリコリが全神経を集中させているのがわかった。

「ちょうど殺人狂の可能性について取り上げようとしていたところだ」私の口調はいくらかぶっきらぼうになっていた。

「ぼくが言ったのはそういう意味ではないんです。有名なロングフェローの詩の一節を覚えていらっしゃらないでしょうか――

空に一本の矢を放ってみた
どこに落ちたのか、わたしにはわからない

詩のこのみごとな出だしの部分は、どこかわからない港へ送り出した一艘の船が、象牙や孔雀、猿、宝石といった驚きの荷を積んで戻ってきた場面を描いたものだという解釈には、ぼくは納得がいったためしがないんです。人でごった返している通りをはるかに見下ろせる窓辺や高層ビルの屋上に立つと、無性になにか投げ落としたくてたまらなくなる人間がいますよね。彼らは、それが誰にあたるか、なににぶつかるかということに興奮を覚えるんです。力を持っていると感じることに。神にでもなって、善人や悪人の区別なしに疫病を解き放つような気分になるのでしょう。ロングフェローはそういうタイプの人間だったにちがいありません。内心では、本物の矢を放って、それが誰かの目に刺さるのではないか、心臓に突き立つのではないか、それとも人にはあたらず、野良犬をつらぬくかもしれないなどと、あれこれ想像してみたかったのではないでしょうか。この解釈をもう少し発展させます。こういったタイプの人間に、誰のしわざか決して悟られることなく、無作為に命を奪える力と機会を与えるのです。その人物は誰にも知られず、自分は安全な場所にいて、死の神を演じるのです。きっと、誰かに対してことさらに悪意を持つこともなく——個人的な感情を交えずに、ロングフェローの弓の射手のように、おもしろ半分に空へ矢を放つだけなんですよ」

「それでもきみは、そういった人間を殺人狂とは呼ばないのかい?」私は辛辣に問い返した。

「心を病んでいるとはかぎりませんから。殺人というタブーに縛られなくなっただけなんですよ。罪を犯しているという意識はいっさいないかもしれません。誰しもいずれは死ぬ定めでこの世に生まれてくるのです――その死が、いつ、どのように訪れるかはわからないまま。そういう点では、この殺人者は、自分自身を死そのものと同じように当然の存在だと考えているかもしれません。この世の出来事は全知全能の神によって動かされていると信じている人たちは、神のことを殺人狂とは考えもしないでしょう。その神が――自分を信仰する者であろうとなかろうとおかまいなく、戦争や疫病、貧困、病気、洪水、地震を地上にもたらしていてもです。さまざまな物事が漠然とした〝運命〟と呼ばれるものの手にゆだねられていると信じている者は――その運命を殺人狂と呼ぶでしょうか？」

「きみの仮説の射手は、とんでもなく物騒な矢を放つな、ブレイル。それに、わたしのような科学一辺倒の人間には、空想的すぎて話についていけないよ。リコリ、わたしはこの件を警察へは持ち込めない。警官たちは礼儀正しく話に耳は傾けてくれるだろうが、わたしが帰ったあとで、大笑いするに決まっているからね。また、わたしの頭にあるものを医学界の大家たちにすべて打ち明けたら、これまで栄誉も受けてきた学究の徒も地に墜ちたと慨嘆するだろう。だからといって、調査を進めるために私立探偵を雇う気にもなれないんだよ」

「わたしになにをしろとおっしゃるんですか？」リコリが尋ねた。

「きみには独自の情報源があるだろう。ここ二か月間のピーターズとホーテンス・ダーンリーのあらゆる動きを洗い出してほしいんだ。同じように、死亡したほかの者たちについても、できるかぎり調べてくれないだろうか――」

私は少し言いよどんでから、言葉を続けた。

「子供への愛情ゆえに、八人それぞれが引き寄せられたくだんの場所を見つけてほしいんだ。頭では、きみもブレイルもこれが殺人だと疑うに足る確かな証拠をこれっぽっちも持っていないとわかっているが、それでもきみらの言うとおりかもしれないという気がするのは、不本意ながらも認めるよ」

「進歩しましたね、ローウェル先生」リコリがしかつめらしく言った。「わたしの魔女説についても、きっと先生は遠からず、不本意ながらもお認めになりますよ」

「今のわたしは騙されやすくなっていて、それさえ否定できないほど地に墜ちてしまっているよ」

リコリは声をあげて笑うと、問い合わせの返事から必要な部分を書き写しはじめた。時計が十時を打った。マッキャンが顔を出して、迎えの車が来たことを告げ、私とブレイルはリコリとマッキャンを玄関まで送っていった。マッキャンが外に出ていき、私は玄関の階段まで来たところで、ある考えが頭に浮かんだ。

「リコリ、手始めにどこをあたるんだい？」

「ピーターズの妹からです」

「彼が亡くなったことを妹さんは知っているのか？」

「いいえ」リコリは気が重そうに答えた。「妹はピーターズは街を離れていると思っています。ピーターズが長期にわたって街を離れることは珍しくありませんし、兄貴とじかに連絡がとれない事情も彼女はわかっています。そんなときは、いつもわたしが連絡をとってやっていたのです。

ピーターズの死を知らせていないのは、兄貴を深く愛している彼女なら、嘆き悲しむはずだからです――それに、ひと月もしないうちに、また赤ん坊が生まれるからですよ」

「妹さんは、ホーテンス・ダーンリーが亡くなったことは知っているんだろうか？」

「わかりませんが、おそらくは。マッキャンは話していませんけどね」

「そうか。きみがピーターズの死をどうやって隠しつづけるのか、わたしには見当もつかないな。だが、それはきみの問題だ」

「おっしゃるとおりです」リコリは答えると、マッキャンに続いて車へと歩いていった。

ブレイルと私が書斎に戻っていくらもしないうちに、電話が鳴った。ブレイルが電話に出た。悪態をつき、受話器を握る手が震えている。「先生とすぐに行きます」

受話器をゆっくりと置き、こちらに向けたブレイルの顔は引きつっていた。

「看護師のウォルターズがやられました！」

衝撃以外のなにものでもなかった。すでに書いたことだが、ウォルターズは看護師の鑑で、しかも人柄がすばらしくよくて、魅力にあふれる若い女性だった。生粋のアイルランド系――漆黒の髪に、青い瞳、驚くほど長いまつげ、ミルクのように白い肌――そう、文句なしに魅力的だった。しばらく声も出なかったが、ようやく私は口を開いた。「ブレイル、これできみの非現実的な推理は砂上の楼閣と消えたな。きみの殺人説も。ホーテンス・ダーンリーからピーターズへ、そしてピーターズからウォルターズへ。なんらかの感染症であることはもう疑う余地もない」

「そうでしょうか」ブレイルはむっつりと言葉を返した。「ぼくにはどうも感染症とは思えません。たまたまですが、ウォルターズが給料のほとんどを、同居している病弱な姪のために使っていることを知っているんです――八歳の姪に。リコリが言っていた〝共通の関心事〟は、ウォルターズにもあてはまるんですよ」

「たとえそうでも」私は硬い口調で言った。「感染症に向けたあらゆる予防措置をわたしはとるつもりだ」

私たちが帽子をかぶってコートを羽織ったときには、迎えの車が待っていた。病院まではほんの二ブロックなのだが、私は一瞬たりとも時間を無駄にしたくなかったのだ。ウォルターズを感染症の疑いのある患者を管理するために使用している隔離病棟へ移すよう指示を出した。彼女を診察したところ、ピーターズのときに見られたのと同じ全身の弛緩が確認できた。だが、彼の場合と違って、顔にも目にも恐怖の色がわずかしか見てとれない。嫌悪感のほうは並々ならぬものがあったが、こちらの心をかき乱すような表情はいっさい浮かんでいなかった。ウォルターズもまた、外部と自分の内側を同時に見つめているような目をしていた。私は彼女に視線をそそいでいるうちに、その目の奥で認識がきらめき、なにか訴えていることにはっきりと気がついた。ブレイルに目をやると――彼はうなずいた。ブレイルも気がついていたのだ。

私はウォルターズを丁寧に診ていった。怪我らしい怪我はなく、右足の甲にピンクがかった部分があるだけだ。目を凝らしてみたところ、擦りむいたか、火か湯で軽い火傷《やけど》をしたような跡に見えた。傷だったとしても、すっかり治っている。皮膚の状態に問題はなかった。

それ以外は、ピーターズの場合と――そして、ほかの七人の場合と――そっくり同じだった。

同僚の看護師の話では、ウォルターズは帰り支度をしている最中に、なんの前触れもなく倒れ込んだのだと言う。看護師への質問はブレイルの驚きの声で中断された。私がベッドの方へ顔を向けると、ウォルターズの手がなにかとんでもない意志の力によって動かされているかのように震えながら、ゆっくりと持ち上がっていくところだった。人差し指がなにかを示そうとしている。目でたどった先にあったのは、足の甲のピンクがかった部分だった。そしてウォルターズの目に視線を向けた私は、彼女の目がやはり同じく凄まじい努力で、そこに焦点を合わせているのを見てとった。

限界を超えたのだろう、手から急に力が抜け、目は嫌悪の色を浮かべるだけに戻った。それでも、ウォルターズが、すでに癒えた傷跡となにか関係のあるメッセージを伝えようとしたのは間違いなかった。

ウォルターズが足の怪我について誰かになにか言っていなかったか、私は看護師に尋ねた。彼女は、なにも聞いていないし、ほかの看護師が話しているのを聞いたこともないという。だが、同僚のロビンズがハリエット――ウォルターズのファーストネームだ――はダイアナと一緒に住んでいると言った。ダイアナというのは誰なのか訊くと、ウォルターズの幼い姪だと答えた。その日、ロビンズは夜勤ではないということだったので、アパートメントに帰ったらすぐに連絡をくれるよう伝言を残しておいた。

その頃には、ホスキンズが血液検査のための血を採取していた。顕微鏡による観察に力を入れて、例の光る白血球を発見したならすぐに一報をくれるよう頼んだ。たまたま病院には、熱帯病の権威であるバルターノと、私が心から信頼している脳専門医のサマーズが居合わせた。私は先の死亡例については伏せたまま、見解を聞こうと二人を呼んでもらった。二人がウォルターズを調べている間に、ホスキンズから輝く白血球の隔離に成功したと電話が入った。私は二人にホスキンズのもとへ行って、彼が見せるものについて意見を聞きたいと言った。ほどなくして戻ってきた二人は、苛立ちと当惑の混じった顔をしていた。二人は、ホスキンズから〝燐光性の核を持つ白血球〟の話をされたのだが、いくらスライドをのぞいても、そんなものは見当たらなかったという。サマーズはひどく真剣な口調で、ホスキンズに目の検査を受けさせるべきだと私に忠告した。バルターノは、そんなものが見えたら、動脈の中を小さな人魚が泳ぎまわっているのを目撃するくらいびっくり仰天だと辛辣に言った。二人が示した反応に、私は自分の知っていることを胸にしまっておくべきだと、あらためて痛感した。

また、予想していた表情の変化も起こらなかった。ウォルターズの顔には恐怖と嫌悪の色がずっと浮かんでおり、それについては、バルターノもサマーズも〝普通ではない〟と意見を述べた。そして、この症状はある種の脳障害が引き起こしているにちがいないということで意見が一致した。細菌感染や、薬物か毒物によるものと考える根拠はない。二人とも、口をそろえて、きわめて興味深いケースだから、なにか進展があったり、検査結果でわかったりしたら知らせてほしいと言い置いて、立ち去った。

四時間が経過してすぐに、表情に変化があったが、私が予想していたものとは違っていた。ウォルターズの目にも、顔にも、嫌悪感しかうかがえなくなったのだ。一度、悪魔めいた期待の色がよぎったようにも思ったが、そうだったとしても、それはたちまち抑え込まれた。それから半時ほど経ったとき、ウォルターズの目に認識の光が戻ってきたことに気づいた。さらに、間延びして打っていた鼓動が、はっきりと速度を上げた。渾身の力で神経を集中させているのが感じとれた。

そのとき、ウォルターズのまぶたが、ありったけの力を振り絞っているかのように、一定の間隔で決然と、ゆっくり上がっては下がりはじめた。そうやって四回まばたきをしたあと、動きが止まり、今度は九回まぶたが上下して、またそこで止まり、もう一回まばたきをする。彼女はこれを二度繰り返して——

「合図を送ろうとしています」ブレイルがささやくように言った。「でも、なんの?」

再び、長いまつげに縁取られたまぶたが下りて上がり——まばたきが四回……停止……九回……停止……一回……

「もう呼吸が止まりかけています」ブレイルが聞こえるか聞こえないくらいの声で告げた。

私は聴診器をつけて、ベッドのそばで膝をついた。ウォルターズの心臓の動きが遅くなり、鼓動がゆっくり……さらにゆっくりと打って……止まった。

「逝ってしまった!」私は立ち上がった。ブレイルと彼女の顔をのぞきこんで、最後のおぞましい変化を——それがどんなものになるとしても——待った。

変化は起こらなかった。ウォルターズの死に顔に刻まれているのは嫌悪の表情であり、それだけだった。悪魔めいた喜びの表情はなく、死んだ唇から音が漏れてくることもない。私が手を置いていた彼女の白い腕がこわばりはじめるのが感じられた。

得体の知れない死がウォルターズ看護師の命を奪った——それは確かだった。だが、なんとなくではあるが、その死は彼女を手に入れていないような気がした。

ウォルターズの肉体は屈服した。けれども、彼女の意志は支配できなかったのだ！

第四章　リコリの車の中であったこと

私は失意のどん底で、ブレイルと家に帰った。自分がかかわっている一連の出来事が、始めから終わりまで——そして終わったあとにも、私の心に及ぼしている影響を説明するのは難しい。たとえるなら、異質な世界の影に絶えず覆われ、この世のものとは違う目に見えない存在に監視されているかのように、神経をぴりぴりさせながら、歩いているといった感じだろうか……潜在意識が表層意識すれすれまで上がってきて、拳でがんがん叩きながら、大声で用心しろと——一瞬たりとも気を抜くなと、叫んでいる。まっとうな医者が口にする言葉としては奇妙だろう。だが、そうとしか言えないのだ。

ブレイルは見ていられないほど動揺していた。それでふと、彼と死んだウォルターズの間には、仕事上の関心以上のものがあったのではないかと思った。もしそうなら、ブレイルは、私には胸の内を明かしてくれていなかったのだ。

家に着いたときには、もう午前四時になろうとしていた。私はブレイルに泊まっていくよう言い張った。ベッドへ入る前に病院へ電話してみたが、ロビンズ看護師から連絡はないとのことだった。数時間ほど眠ったが、浅い眠りだった。九時過ぎに、ロビンズから電話がかかってきた。悲しみのあまり、ひどく取り乱している。私は併設の診療所に来るよう言い、ロビンズがやってくると、ブレイルと二人で質問してみた。

「二週間くらい前のことです」ロビンズは答えた。「ハリエットがとてもかわいい人形をダイアナに持って帰ってきたんです。ダイアナは大喜びでした。ハリエットに、どこで手に入れたのか訊くと、ダウンタウンの方にある奇妙な小さい店だということでした。

ハリエットは、『それでね、ジョブ』――わたしのファーストネームはジョビナなんです――『その店に、見たことがないくらい変わった女性がいるの。なんだか怖かったわ』と言ったんです。でも、わたしはとくに気にとめませんでした。ハリエットも、あまりおしゃべりなほうではありませんし。そのときは話したことを少し後悔しているような感じでした。

でも、今考えてみると、あの頃からハリエットは様子が少し変でした。明るい人だったのに、あれ以降――なんというか、物思いに沈むようになって。十日ほど前に、足に包帯を巻いて帰ってきました。右足かって？　はい、そうです。ハリエットの話では、ダイアナの人形を手に入れた店の女性とお茶を飲んでいたとき、ティーポットがひっくり返って、足にお湯がかかってしまったそうなんです。女性がすぐに軟膏を塗ってくれたおかげで、痛みはすっかり引いたと言っていました。

『でも、自分でも火傷に効きそうなものを塗っておくわ』ハリエットはストッキングを脱いで包帯を解きはじめました。わたしがキッチンへ行っていると、ちょっと来て足を見て、と大声で呼ぶ声がしました。

『おかしいの。ひどい火傷だったのよ、ジョブ。それなのに、ほとんど治ってる。しかも、軟膏を塗ってから一時間と経ってないのに』

わたしはハリエットの足に目をやりました。足の甲の広い部分が赤くなっていました。ですが、火傷の程度はひどくなかったので、お茶はあまり熱くなかったのねと声をかけました。

『でも、本当に熱湯みたいだったのよ、ジョブ。水膨れができたんだから』

ハリエットは椅子に座ったまま、しばらくの間、包帯と自分の足を交互に見ていました。軟膏は青みを帯びていて、妙な具合に光っていました。あんな軟膏は目にしたことがありません。いえ、においは気がつきませんでした。ハリエットは手を伸ばして包帯を拾い上げると、言ったんです。

『ジョブ、火に放り込んでちょうだい』

それでわたしは、包帯をストーブの火に投げ入れました。包帯がなんだか怪しく光っていたのをはっきり覚えています。燃えているような感じではありませんでした。ちかちかと光ったかと思うと、もう消えていたんです。ハリエットも見つめていましたが、顔が青ざめていました。そのあと、彼女は自分の足に目をやりました。

『ジョブ、こんなに早く傷が癒えるのなんて見たことがないわ。彼女、きっと魔女よ』

『いったいなにを言ってるの、ハリエット?』わたしが訊くと、

『なんでもないの』と彼女は答えました。『ただ、この足の部分を大きく切り裂いて、毒蛇に嚙まれたときのための解毒剤を擦り込める勇気が自分にあったらよかったのにと思っただけ!』

そのあとハリエットが笑い声をあげたので、てっきりわたしは担がれたのだと思いました。で

すけど、彼女は足にヨードチンキを塗った上に殺菌した包帯を巻いたんです。翌朝、わたしを起こして、ハリエットが言いました。

『ねえ、この足を見て。昨日、ティーポットいっぱいに入っていた熱湯みたいなお茶が足にかかったのよ。それが、もう触っても痛みがないの。少し赤くなっているだけだなんて。ああ、ジョブ！』

これだけです、ローウェル先生。ハリエットは足の火傷についてそれ以上話しませんでしたし、わたしも触れませんでした。それに、彼女はすっかり忘れてしまったようでした。はい、その店の場所や女性がどういう人かは尋ねましたが、答えようとはしませんでした。理由はわかりません。

そのあと、ハリエットはかつてないほど陽気で楽天的になったんです。楽しそうで、細かなことは気にしなくて……。それなのに、どうして彼女が死ななければならなかったのでしょう……わかりません……わたしには見当もつかないんです！」

ブレイルが訊いた。

「四九一という数字になにか心当たりはないかい、ロビンズ？　ハリエットが知っていたどこかの住所ということはないだろうか？」

ロビンズはしばらく考えてから、かぶりを振った。私はウォルターズが一定の間隔でまばたきをしたことを教えた。

「ウォルターズは明らかに、その数字でなんらかのメッセージを伝えようとしていたんだよ。もう一度よく考えてほしい」

はっとした様子でロビンズが顔を上げ、指で数えはじめた。大きくうなずく。

「ハリエットはなにか単語を伝えようとしていたんじゃないでしょうか。数字がアルファベットの順番を示すものだとしたら、dとiとaになります。ダイアナの名前の最初の三文字です」

「おお、それなら、すっきりとした説明になりそうだ。ウォルターズはわたしたちに姪のことを託そうとしていたのかもしれないね」私はブレイルに向かって、自分の推測を話してみた。

ブレイルは首を振った。「ぼくがダイアナの面倒を見ることは、ハリエットにはわかっていましたよ。いいえ、数字はほかのなにかです」

ロビンズが帰ってほどなく、リコリから電話がかかってきたので、ウォルターズが死んだことを伝えた。リコリも大きな衝撃を受けていた。そのあと待っていたのは、気の滅入る検案の作業だった。結果はピーターズの場合とまったく同じ。ウォルターズが死んだ理由を示すものは何一つ見つからなかった。

翌日の午後四時頃、リコリがまた電話をしてきた。

「六時から九時の間、ご自宅にいらっしゃいますか、ローウェル先生？」リコリの声には逸る気持ちを抑え込んでいるような気配があった。

「重要なことなら、家にいるようにするとも」私はスケジュール帳を確認してから、答えた。「なにか発見したのかい、リコリ？」

彼はすぐには答えなかった。

「どうでしょうか。おそらくは――そうです」

「それはつまり」私は興奮を隠そうともしなかった。「つまり――わたしたちが話していた例の仮想の場所ということかね？」

「たぶん。わたしにもまだわかっていないのです。もう行かなければ――そうだと目されている場所へ」

「これだけは教えてくれ、リコリ――きみはなにが見つかると思っているんだ？」

「人形ですよ！」

そして、さらなる質問を封じるかのように、リコリは私が言葉を口にする前に電話を切った。人形か！

私は椅子に腰を下ろして考えを巡らせた。ウォルターズは人形を買っている。そして人形を手に入れたのと同じその不明の場所で、怪我をし、そのことをひどく気に病んで――というより、尋常ではない手当てをした相手のことを不安がっていた。ロビンズの話を聞いたあとでは、ウォルターズがその怪我が引き金となって発作が起こったと考え、それを伝えようとしていたのは間違いない。先に記述した、ウォルターズが最初に必死の努力で足を示したのは、そういうことだったのだ。もっとも、ウォルターズの思い違いということはある。火傷は――いや、むしろ軟膏はと言うべきか――彼女に現れた症状とはなんの関係もなかったかもしれないのだ。とはいえ、ウォルターズは子供に強い関心を持っていた。子供こそ、彼女と同じように死んでいった者たちに共通する関心の対象だ。そして、言うまでもなく、多くの子供がこぞって興味を持つものの一つが、人形だ。リコリはいったいなにを発見したのか。

私はブレイルに電話をかけたが、つかまらなかった。ロビンズに電話して、すぐにウォルターズが買った人形を持ってきてくれるよう頼み、彼女はすぐに持ってきてくれた。

人形はそれはすばらしいものだった。木彫りに、白色顔料が塗られたものなのだが、不思議なくらいに生き生きしている。小妖精めいた小さな顔がついている赤ちゃん人形だった。着せられている服は、どこかの国の民族衣装のようで、みごとな刺繍が施されている。博物館に収蔵されていてもおかしくないほどのもので、看護師のウォルターズではとてもあがなえないような品に思えた。制作者や販売者がわかるような印はついていない。詳しく調べたあと、私は人形を机の引き出しにしまった。リコリがやってくるのを今か今かと待っていた。

午後七時に、玄関の呼び鈴が、有無を言わせない調子で執拗に鳴った。書斎のドアを開けたときに、マッキャンの声が玄関ホールから聞こえてきたので、上がってくるよう彼に呼びかけた。マッキャンの顔を見た瞬間に、ただならぬ事態だと悟った。いつもの口を引き結んで日に焼けた顔は、血の気が引いて黄土色になり、目から生気が消えている。こわばった唇を動かして彼は言った。

「車まで来てください。ボスは死んじまったんじゃないかと思うんです」

「死んだだと！」私は叫ぶと、いっきに階段を駆け下りて車まで走った。運転手は車のドアのそばに立っていた。彼がドアを開けたとたん、後部座席の隅でぐったりしているリコリの姿が目に飛び込んできた。脈は触れず、まぶたを上げても、その目はうつろに私を見つめ返すだけだ。だが、身体は冷たくなっていなかった。

「中へ運ぶんだ」私は命じた。

マッキャンと運転手でリコリを家に運び込み、診察室の診察台に寝かせた。私はリコリの胸をはだけて、聴診器をあてた。心臓が機能している兆候はまったく確認できなかった。明らかに呼吸も停止している。ほかにも簡易検査をいくつか試してみた。どう見ても、リコリは完全に死んでいた。それでも、私は得心しなかった。判断がつかない場合にいつも行うこともやってみたが、期待していた結果は出なかった。

マッキャンも運転手も、ずっと私のすぐそばに立っていた。私が至った結論を顔から読み取ったようだ。二人は奇妙な目配《めくば》せを交わした。どちらも動揺していたが、運転手のほうがよりひどい。マッキャンが抑揚のない声で訊いた。

「毒にやられたってことはありませんか?」

「ああ、その可能性は――」私は途中で言うのをやめた。

毒か！　しかも、リコリは電話で、自分でもよくわからない場所へ出かけると話していた。ほかのケースでも毒にやられた可能性がないわけではない！　だが、リコリの死は――またしても疑念が頭をもたげてきた――ほかのケースとは違っている。

「マッキャン」私は声をかけた。「初めに異変に気づいたのは、いつ、どこでだった?」

相変わらず平板な口調で、マッキャンは答えた。

「六ブロックほど手前でです。ボスはおれのそばに座ってました。いきなり『くそ!』って言ったんです。怯えたみてえな感じでした。両手で心臓の上あたりをつかんで。うめき声みたいなものをあげると、身体をこわばらせました。おれが『どうしたんですか、ボス？　痛むんですか？』って訊いても、ボスは答えず、そのままおれの方に少し倒れ込んできちまったんです、目をかっと見開いて。死んだように見えました。それで、大声でこのポールに車を止めさせ、二人でボスを見たんです。そのあと、ここまで車をすっ飛ばして来ました」

私は飾り棚へと歩いていき、マッキャンと運転手にブランデーを注いでやった。二人には強い酒が必要だった。私はリコリにシーツをかけた。

「二人とも座りなさい。それから、マッキャン、きみはリコリと、行き先がどこだろうと、出かけたときからのことを正確に話してほしい。細かな点もいっさい省略せずに」

マッキャンは語りはじめた。

「一時頃、ボスはモリー――ピーターズの妹です――のところへ出かけて、一時間くらいいてから出てきました。自宅に戻ると、四時半に迎えに来いってポールに言ったんです。でも、ボスはあちこち電話していて、出かけられるようになったのは五時でした。ポールに告げた行き先は、バッテリー公園にほど近い細い通り沿いにある店です。ただ、ボスは車を通りに入れず、公園のそばに止めるよう命じました。そのあと、おれに、『マッキャン、店へは自分だけで行く。一人で来たと相手に思わせておきたいのだ。いろいろ理由があってな。おまえはあたりをぶらついて、ときどき店をのぞいてみてくれ。だが、わたしが呼ぶまで、中には入ってくるんじゃないぞ』と言ったんです。おれは、『ボス、そいつはまずくねえですかい？』って訊いたんですが、『ちゃんとわかってやっていることだ、おまえは言われたとおりにしろ』と一蹴されました。それで、もうその話は終わりってことになりました。

目的地まで来ると、ポールは命令どおりに車を止めて、ボスは細い通りを歩いていっちまい、ショーウインドーにいくつも人形を飾ってある小さな店の前で足を止めました。おれは店の前を通りすぎながら、中の様子をうかがいました。店内はあまり明るくなかったんですが、人形だけで、カウンターの向こうに痩せっぽちの店員がいるのは見てとれました。その娘は魚の腹みてえに白い顔で、ボスがショーウインドーの前で一、二分ほど佇んでから店に入っていったあと、おれは店の前をゆっくりと歩いて、また娘に目をやりました。生きてる娘であんな白い顔は見たことなかったもんですから。ボスは人形をいくつか見せてる娘としゃべってました。次に店の前を通ったときは、中に別の女がいました。えらくでかい女で、つい、一分かそこらショーウインドーの前で足を止めて女を眺めちまいました。あんな女、初めて見ましたぜ。茶色い肌で、なんて言うか馬に似てやしてね、ちょっぴり口ひげは生えてるわ、ほくろだらけだわで、魚の腹みてえに白い顔の娘に負けず劣らず、変わってました。身体だって、背も高けりゃ、横幅もあって。ですが、その女の目をのぞき見て――たまげましたよ、なんて目だって！　大きくて、黒く、輝いていて、どういうわけか、おれには女のほかのどの部分よりもいやな感じがしました。その次に通りすぎたとき、ボスはでかい女と店の隅のほうにいました。札束を手にしていて、娘はどこか怯えたような感じで、二人の様子を見つめてました。次に店の前を歩いたときには、ボスも女の姿もありませんでした。

おれはショーウインドーの前に立って中をのぞきこみました。ボスの姿が確認できないのがどうにも落ち着かなかったんでさ。すると、店の奥にあるドアからボスが出てきたんです。ボスは手になにかつかんで怒り狂っていて、そのあとから女が、これも口から火を噴きそうな勢いで毒づきながら現れました。ボスは早口でまくし立ててましたが、なにを言ってるのかまではわかりませんでした。女もわめきちらしながら、ボスに向かっておかしなしぐさをしてました。どんなしぐさか、ですか？　ええ、両手をおかしな具合に動かしてたんです。でも、ボスは正面のドアの方に歩いていて、ドアの前まで来ると、手につかんでいたものをコートの内側に突っ込んで、上までボタンをかけちまったんです。

それが人形だったんです。ボスがコートの内側に突っ込む前に、脚がぶらぶらしてるのが見えました。大きな人形で、コートの前がずいぶんふくらんでました——」

言葉を切ったマッキャンは、シーツに覆われた遺体に目を向けるよりはという感じで、機械的に紙巻き煙草を巻きはじめたが、すぐに捨ててしまった。彼は話を再開した。

「あれほど激高してるボスは見たことがありません。イタリア語でぶつぶつとつぶやきながら、〝ストレイガ〟とかいうような言葉を何度も繰り返してました。話しかけていいときではないとわかっていたので、おれはボスについて黙って歩いてました。一度ボスはおれにしゃべりかけてきましたが、それもおれにというより、自分に言い聞かせる感じでした。先生ならどういう意味かおわかりになるんじゃないでしょうか——ボスは、『聖書にも、魔女は生かしておくなかれ、と書かれている』って言ったんです。それからまたぶつぶつとつぶやきながら、内側に人形を入れてあるコートを片腕で上からしっかり押さえてました。

車まで戻ると、ボスはポールに、『先生の家まで車をすっ飛ばせ、信号なんかかまうな』と指示しました――そうだったよな、ポール？　ええ、それで、車に乗り込むと、ボスはつぶやくのをやめて、ただ静かに座ってました。さっきお話ししたように、『くそ！』と声をあげるまでは、いっさい口を開かなかったんです。それだけです、そうだろ、ポール？」

運転手は答えなかった。なにか訴えるような目つきで、じっとマッキャンを見つめる。マッキャンが小さくかぶりを振るのを、私は見逃さなかった。運転手はためらいがちに強いイタリア訛で言った。「店は見てませんが、そのほかのことは、すべてマッキャンがお話ししたとおりです」

私は立ち上がって、リコリの遺体のそばへ歩いていった。シーツをめくろうとしたとき、あるものに視線が吸い寄せられた。十セント硬貨ほどの大きさの赤い染み――血痕だ。血痕がついている部分を一本の指で押さえて、シーツを端からそっと持ち上げていく。血痕の真下に位置していたのは、リコリの心臓だった。

私は最も高倍率のルーペと極細の探針を取り出した。ルーペでのぞくと、リコリの胸には、皮下注射針によるものとさほど変わらない小さな孔があいていた。そろそろと探針を差し入れてみる。探針はすんなりと入っていき、やがて心臓の外側に触れた。それ以上は進まなかった。なにか先の尖ったきわめて細いものが心臓めがけてリコリの胸に刺し込まれたのだ！

怪訝な思いで、リコリに目をやった。こんな取るに足りない刺し傷で死に至るはずがなかった。ともあれ、その傷をつくったものに毒が塗られてでもいないかぎりは。それとも、傷そのものに影響を与えたなにかほかの暴力的な衝撃があったのか。リコリのように一風変わった気性の持ち主では、そういった衝撃――一回とはかぎらない――が不思議な精神状態を引き起こし、死にも似た状況を生み出すことはあるかもしれない。そういった症例を、私は聞いたことがあった。

そう、あれこれ検査したにもかかわらず、私はリコリが死んだとは、どうしても思えなかったのだ。だが、そのことをマッキャンには打ち明けなかった。生きていようと死んでいようと、マッキャンには説明させなければならない重要な事実があったからだ。私は自分の一挙手一投足にずっと視線をそそいでいた二人に向き直った。

「車に乗っていたのは三人だけだと言うんだね？」

またしても、二人が目を見交わした。

「人形も乗ってました」マッキャンが半ば挑むように答える。

私はむっとして、彼の返事を無視した。

「もう一度訊くが、車に乗っていたのは三人だけだったんだな？」

「はい、人間は三人です」

「そうであれば」私は険しい口調で言った。「きみたち二人にはいろいろ説明しなければならないことがあるだろう。リコリは刺されたのだ。警察を呼ぶしかないな」

マッキャンが立ち上がって、遺体へと歩み寄った。ルーペを手にとり、小さな刺し傷をのぞきこむ。彼は運転手に視線を向けた。

「言っただろ、ポール、人形のしわざだって！」

第五章　リコリの車の中であったこと（続き）

あきれかえった口ぶりで、私は言った。「マッキャン、まさかわたしにそれを信じてほしいと思っているわけではないだろうね？」

マッキャンは返事をせずに、あらためて紙巻き煙草を巻いていき、今度は投げ捨てなかった。運転手はおぼつかない足取りでリコリの遺体に近づいていく。そして膝をつくと、祈りと懇願が交じった言葉を口にしはじめた。マッキャンは、おかしな話だが、今はすっかり自分を取り戻している。リコリの死の原因がはっきりして、いつもの確固とした自信がよみがえってきたかのようだ。煙草に火をつけると、彼は陽気とも言える口調で答えた。

「信じていただこうと思ってますよ」

私は電話機へと足を向けた。マッキャンが素早く行く手をふさいで、電話機を背に立った。

「先生、ちょいと待ってください。もしおれが、用心棒として雇ってくれた人の胸にナイフを突き立てるたぐいの下劣な男なら——先生はご自分があまり具合のいい立場にないとは考えないんですかい？　おれとポールが先生を始末して逃げ出さないのは、どうしてだと？」

正直言って、そんな可能性については、まるで考えていなかった。自分がのっぴきならない状況におかれていることに、今更ではあるが気づいた。運転手に目をやる。彼は立ち上がっており、マッキャンを真顔でまじまじと見つめていた。

「おわかりになったようですね」マッキャンが陰気に微笑した。イタリア人の運転手の方へ歩いていく。「おまえの銃を渡せ、ポール」

なにも言わずに運転手はポケットから二挺のオートマチックを取り出して、マッキャンに手渡した。マッキャンは二挺ともテーブルに置いた。自分の左腋の下から拳銃を取り出して、オートマチックの横に並べる。さらにポケットからも一挺取り出して、それもテーブルに置いた。

「そこに座ってください、先生」マッキャンはテーブルのそばの私の椅子を手で示した。「武器はそれで全部です。先生のお手元に置いといてください。おれらが逃げ出すそぶりでも見せたら、撃ってくれてかまいません。おれはただ、先生に、電話をかけるにしても、まず話を聞いてもらいたいんです」

椅子に腰掛けた私は、銃をかき集め、装填されているか確かめた。どの銃にも弾丸がこめられていた。

「先生」マッキャンが言った。「考えていただきたいことが三つあります。一つ目は、もしおれがボスの殺害に関与してるなら、こんなふうにのんびり構えてるでしょうか。二つ目は、おれはボスの右隣に座ってました。ボスが着ていたのは、厚手のコートです。どうやってボスの左胸まで手を伸ばして、凶器がなんであれ、そんな細いもので、どうやってコートを刺し通し、人形をつらぬき、ボスの上着やらシャツやらまで突き刺せるって言うんです？　ボスになんら抵抗もされないまま。ボスはそりゃあ、お強い方なんです。それに、ポールの目だってあります——」

「ポールの目は関係ないんじゃないかい？」私は口を挟んだ。「彼も共犯なら」

「確かに」マッキャンはしぶしぶ認めた。「おっしゃるとおりです。ポールもおれと同じくらい深みにはまってるってことですね。そうだな、ポール？」彼が鋭い視線を向けると、運転手はうなずき返した。「わかりました。その点はひとまず保留にしておきますよ。三つ目は——おれがそうやってボスを殺して、ポールもおれに加担していたとして、殺害方法を突き止めるはずの人物のもとへボスを連れていくでしょうか？　そして予想どおり殺害方法を見抜いたときに、こんなふうにアリバイがないってことをべらべらしゃべるでしょうか。まったく、先生、おれはそこまで頭のねじは緩んじゃいませんよ！」

マッキャンの表情がゆがんだ。

「どうしておれがボスを殺したいと思うんです？　おれはどんな地獄を見ようとボスを守る覚悟でしたし、ボスもそのことをわかってくれてました。ポールだって同じです」

一連の言葉には力があった。私は心の奥底で、マッキャンが話しているのは真実だと——少なくとも、彼にはそう見えたのだと——自分が頑ななまでに信じているのを意識していた。リコリを刺したのはマッキャンではない。だからといって、それを人形のしわざとするのは、飛躍しすぎだろう。だが、車には三人しか乗っていなかった。私が考えていることを、マッキャンは驚くほど正確に読み取っていた。

「機械仕掛けの人形だったのかもしれません。突き刺す仕掛けが施された」

「マッキャン、車まで行って、人形をとってきてくれ」私は勢いよく言った――彼の意見は筋が通っていた。

「それが、車にはないんです」マッキャンはまた陰気に薄く笑った。「飛び出しちまったんで！」

「いいかげんなことを――」言いかけた私の言葉を、運転手が遮った。

「ほんとです。なにかが飛び出してったんです。あっしが車のドアを開けたときに。猫か犬じゃねえかって思いました。『いったいなんだ――』って言いながら、目で追ったんでさ。そいつはすごい勢いで走っていきました。身体を丸めて。で、暗がりに逃げ込んじまいました。姿が見えたのはほんの一瞬で、もうそれっきりです。車の床を手探りしていたマッキャンに、あっしは『ありゃなんだ！』って言ったんです。そしたらマッキャンが、『人形だ。そいつがボスをやったんだ！』って答えるじゃないですか。あっしは思わず、『人形！　人形って、どういう意味だ？』って聞き返しました。マッキャンは説明してくれました。それまで人形のことなんて、まったく知りませんでした。ボスがコートの中になにか入れてるのは気づいてましたよ、ええ。でも、そいつがなにかはわかりませんでした。だけど、あっしが見たあれは、猫にも犬にも似てやしませんでした。そいつは車から飛び降りると、あっしの脚の間を走り抜けていったんでさ」

私はあてこするように言った。「きみの考えでは、マッキャン、この機械仕掛けの人形は、突き刺すだけでなく、走って逃げるような仕掛けにもなっていたということかね？」

マッキャンは顔を赤くしたものの、静かに答えた。

「機械仕掛けの人形だったとは言ってません。ですが、ほかに考えようは――いえ、やっぱり常軌を逸してますよね？」

「マッキャン」私はぶっきらぼうに尋ねた。「わたしにどうしてほしいんだね？」

「先生、おれがアリゾナにいたときのことですが、ある牧童が死んだんです。突然の死でした。その死に深く関係していたかのように見えた男がいました。保安官がこの男に言ったんです。『おまえがやったとも思えない――だが、ここで裁きを下すのはわたしでな。なにか言うことは？』。男は答えました。『保安官、おれに二週間ください。やったやつを連れて戻れなかったら、おれを縛り首にしてくれてかまわねえ』と。それに対して、保安官は、『いいだろう、ひとまず評決は、被害者はショックにより死亡ということにしておこう』と告げたんです。確かに、ショックは受けてました。弾丸によるショックを。ええ、約束の二週間が過ぎる前に、この男は豚のように手足を縛った殺人犯を鞍に乗せて馬で戻ってきました」

「言いたいことはわかった、マッキャン。だが、ここはアリゾナではないぞ」

「わかってます。ですが、ボスの死を心臓病のせいってことにはできませんか？　とりあえずでかまわないんです。おれに一週間ください。それで結果が出せなかったら、先生はすべきことをしてください。おれは逃げたりしません。だって、先生、サツに通報するなら、そこの銃をとって、おれとポールをこの場で撃ち殺してくれるほうがましってものです。サツに人形の話をすれば、連中は腹が痛くなるほど笑ったあげく、おれらをシンシン刑務所で電気椅子にかけるに決まってますから。いえ、人形の話をしなくたって、おれらはどのみちおしまいです。奇跡でも起きてサツがおれらを逮捕しなけりゃ――ボスの手下には、代わりに裁きを下そうってやつがごまんといますからね。つまり、先生は二人の無実の男を死に追いやるわけです。もっと悪いことに、先生は実際は誰がボスを殺したのか、わからずじまいになるでしょう。おれらが死ねば、誰もそれ以上は〝犯人〟を探さないでしょうから。違いますか?」

二人の無実を確信していた私の中で、疑惑の雲が広がっていった。マッキャンの頼みは、愚直なものに思えて、その実、油断のならないものだった。同意すれば、マッキャンの狙いが逃亡することにあった場合、彼と運転手には丸一週間も逃げる時間ができることになる。マッキャンが戻ってこなかった場合、警察に事情を説明したところで、私は事後共犯——ひいては殺人の共犯ということになるだろう。そのときになって初めて、二人に疑惑を持ったというふりをしてみせても、最高にいいシナリオで、愚か者の烙印を押されるというところか。二人が逮捕されて、私が同意したことを口をそろえて証言すれば、やはり私は共犯として告訴される。今になって、マッキャンが銃を渡してきたのは、とんでもなく利口なやり口だったのだと気づいた。脅されて同意するほかなかったのだと、言い抜けられないからだ。また、私に信用させ、頼みを断りにくくするために抜け目なく考えられたジェスチャーにすぎなかったのかもしれない。ひょっとして、この二人はほかにも武器を隠し持っていて、私が頼みを拒めば、それを使うつもりなのではないだろうか。

この窮地から抜け出す方法はないものかと頭をひねりながら、私はリコリの方へ歩いていった。念のために、オートマチックはポケットに入れてあった。リコリの上に身をかがめた。触れてみると身体はひんやりしていたが、死者特有の冷たさではない。もう一度、仔細に調べてみた。ごくかすかにではあるが、鼓動が感じられたかと思うと、唇の端で泡がふくらみはじめた――リコリは生きていたのだ！

リコリの上に身をかがめたまま、私はかつてないほどの速さで考えていった。リコリは確かに生きている。とはいえ、それで私の身が安全になったわけではない。それどころか、その逆だ。なにしろ、もしマッキャンがリコリを刺して、運転手と共犯関係にあるなら、そして、リコリの殺害に失敗しているとわかったなら、二人は仕事を完遂させようとするだろう。リコリは生きていればものが言えるし、二人のしわざだと非難もできるのだから――しかるべき法の手続きを踏むよりも、二人の死はいっそう確実なものになるはずだ。リコリの命を受けた忠実な部下に始末されるわけだから。それで、二人がリコリの口を永遠にふさげば、次は私の番ということになるだろう。

かがみこんだ姿勢のまま、私はポケットに手をすべりこませてオートマチックをつかむと、さっと二人に向き直って、銃を構えた。

「両手を上げるんだ！　二人とも！」私は言った。

マッキャンは唖然とした表情になり、運転手はうろたえた顔になった。だが、二人とも両手を上げた。

「抜け目のないささやかな頼みを聞くまでもないよ、マッキャン。リコリは死んでいない。しゃべれるようになれば、なにがあったのか、本人が話してくれるだろうからね」

自分の言葉がもたらした反応に、私は度肝を抜かれた。マッキャンが演技をしていたのだとしたら、彼はすばらしい俳優だった。ひょろりとした身体がこわばったかと思うと、私もめったに目にしたことがないほどの、うれしくてたまらないといった安堵の表情がその顔に浮かんだのだ。よく日に焼けた頬を涙が伝い落ちていく。運転手は膝をついて、すすり泣きながら祈りの言葉をつぶやいていた。私が抱いていた疑念はすっかり消えていた。演技とはとても思えなかった。いささか自分を恥ずかしく感じた。

「手を下ろしていいよ、マッキャン」私はオートマチックをポケットに戻した。

かすれた声で、マッキャンが訊いた。

「ボスは元気になるんですかい？」

「見込みは大いにあると思っているよ。感染症を引き起こさなければ、リコリはきっと回復する」

「よかった！」マッキャンはささやくように、繰り返した。「よかった！」

ちょうどそのとき部屋に入ってきたブレイルは、ぽかんとして突っ立ったまま、私たちを眺めた。

「リコリが刺されたんだ。詳しい話はあとでするよ」私はブレイルに言った。「心臓の上に小さな刺し傷があって、傷は心臓にまで達しているようだ。とはいえ、リコリが死んだようになっていたのは、もっぱらショックのせいだろう。拍動が戻ってきたよ。リコリを別館のほうに移して、わたしが行くまで様子を見ていてくれないか」

リコリに試した検査についてざっと説明し、たちまち必要な処置を指示した。リコリが運び出されると、私はマッキャンに向き直った。

「マッキャン、理由を言う気はないよ。今はね。だが、銃は返すよ。きみらにチャンスをあげよう」目に奇妙な光を浮かべて、マッキャンは銃を受け取った。

「先生のお気持ちを動かしたのがなんだったのか、知りたくないと言えば嘘になります。ですが、先生がどうされようと、おれはかまわないんです――ボスさえ元気にしてくださるなら」

「リコリの状態を連絡しておかなければならない人たちがいるだろう。そっちはきみらにまかせるよ。わたしにわかっているのは、リコリはわたしの家に来る途中だったということだけだ。その車中で、彼は心臓発作を起こした。きみらはリコリを運んできた。今現在、わたしは――心臓発作の治療にあたっているところだ。万一、リコリが死ぬようなことになれば――そのときは、また別の話になるぞ」

「連絡はおれがします」マッキャンが答えた。「先生にお会いいただくのは二人だけです。それがすんだら、例の人形の店へ行って、あの大女からいっさいがっさい吐かせてきますよ」

マッキャンの目が剣呑なまでに細くなり、口が真一文字に引き結ばれる。

「いけない」私は断固として言った。「今はまだ。その店に監視をつけなさい。その女が出かけたら、行き先を突き止めるんだ。店員の娘も、同じように注意深く見張ること。二人のうちのどちらか、あるいは両方が店から離れる――逃げ出す――ような動きを見せたら、そのまま行かせなさい。ただし、あとをつけるんだ。その店でなにがあったのかリコリが自分で話せるようになるまで、わたしは二人に手を出してほしくないし、警戒もさせたくないんだよ」

「わかりました」マッキャンはいかにも不承不承といった感じで返事をした。

「きみの人形の話は」私は皮肉っぽく念を押した。「警察ではまともに取り合ってもらえないだろうね。いささか額面どおりに受け取りやすいわたしでも、あまり納得していないのだから。この件に警察を介入させてはいけない。リコリが生きているかぎり、警察を介在させる必要はないんだ」

私はマッキャンを脇へ引っ張った。

「運転手はしゃべったりしないだろうか？」

「ポールなら大丈夫です」

「そうか、きみら二人のためにも、彼は口をつぐんでおいたほうがいい」私は釘を刺しておいた。

二人は部屋を出ていった。私は階上にあるリコリの病室へ行った。彼の拍動はさっきより力強くなり、呼吸は弱いものの、安定してきている。体温も、依然として危険なほどに低いが、わずかに上昇していた。マッキャンに言ったように、感染症が起こらず、リコリを刺した凶器に毒物も薬物も塗られていなければ、彼は回復するはずだった。

その夜遅く、たいそう立派で品のよい紳士が二人、私を訪ねてきた。リコリの状態についての私の説明に耳を傾け、病室に入れないか尋ねて、彼の様子を自分たちの目で確認してから、病室を出た。二人は、リコリが〝回復しても、しなくても〟、費用の面で心配はかけないと約束し、どれほど高額な相談料をとる医者でも、ためらわずに呼んでほしいと、きっぱり言った。お返しに、私もリコリが元気になる見込みはじゅうぶんすぎるほどにあると請け合った。二人は、自分たちとマッキャン以外の人間には面会させないようにとも頼んできた。そして、自分たちが差し向ける男を二人、病室のドアの脇に座らせたほうが――むろん、外の廊下にだ――私も面倒を避けられるのではないかと言う。私は、そうしてくれれば助かると返答した。

たちまちのうちに、物静かで注意深そうな男が二人、ピーターズのときと同じように、リコリの病室の外で警戒にあたった。

その晩、人形たちが私を囲むようにして踊り、追いかけ、脅してくる夢を見た。心地よい眠りではなかった。

第六章　シェヴリン巡査の奇妙な体験

朝には、リコリの状態は格段によくなっていた。深い昏睡にあるのは変わらないが、体温は平熱に近いところまで上がっていた。呼吸も心臓の動きも、きわめて良好だ。私はブレイルと担当を割り振り、必ずどちらかは、看護師が呼べば聞こえるところにいるようにした。朝食後に、見張りは別の二人と交代した。前の晩に訪ねてきた品のよい紳士の一人が姿を見せ、リコリの様子を確認して、私が順調に回復に向かっていると言うと、心の底から喜んだ。ゆうべ私はベッドに入ったあとで、ある当然とも言える考えに思いが至った。それは、リコリは謎の解明に関するメモをとっていたのではないかということだ。けれども、彼のポケットを勝手にさぐるのは、どうにもためらわれた。前夜の紳士がいる今こそ、リコリがメモをとっていたかどうか確かめるいい機会ではないだろうか。そう思った私は、リコリが書類のようなものを身につけていなかったか調べてみるのもいいかもしれないと紳士に言ってみた。そのあと、リコリと自分にはともに関心を持っている事柄があり、それについて話し合うためにわが家へ来る途中、リコリは発作を起こしたので、ひょっとすると、私の興味を引くメモなどを携えている可能性もあるのだと付け加えた。紳士は同意した。私はリコリのコートとスーツをとってきて、紳士とくまなく調べた。メモ書きが何枚か見つかったものの、どれもピーターズの件とは関係のないものだった。

ただし、コートの胸ポケットからは、奇妙なもの——不規則な間隔で結び目が九つある、二十センチほどの長さの細い紐——が出てきた。結び目そのものも変わっていて、私はこれまでにそんな結び方を目にした記憶はなかった。紐をつくづく眺めながら、なんとも説明のつかない、だが明らかに落ち着かない気分に襲われていた。紳士を見やると、彼の目には困惑の色が浮かんでいる。ふと、リコリが迷信深かったことを思い出し、この結び目のある紐はお守りか魔除けか、そのたぐいのものだろうと推測した。私は紐をコートのポケットに戻した。

紳士が去って一人になると、紐を取り出し、さらに詳しく調べてみた。紐は人間の髪を硬く編んだもので——髪は珍しいほど淡い灰白色で、間違いなく女性のものだ。結び目は、一つずつ異なっていた。どの結び方も複雑だ。結び方がそれぞれ違っていることと結び目の間隔が不規則なことから、ぼんやりとではあるが、それらが一つの単語か文になっているという印象を受けた。さらに結び目に目を凝らしていると、ピーターズを看取ったときに感じたのと同じ、それを開けなければ生命にかかわるほど重要だというのに、鍵穴さえないドアの前に立っているという感覚に襲われた。漠然とした衝動に従って、紐はポケットに戻さず、ロビンズ看護師が持ってきてくれた人形をしまってある引き出しに放り込んだ。

午後三時を少し過ぎた頃、マッキャンが電話をしてきた。彼から連絡の入ったことが、私にはうれしくてたまらなかった。昼間の明るい光のもとでは、リコリの車の中での出来事だという彼の話が、あまりに現実離れしたものに思えて、疑念がすっかり戻ってきていたのだ。

マッキャンが姿を消してしまった場合の自分の苦しい立場について、あらためて考えはじめてさえいた。安堵の気持ちがいくらか声に表れていたのだろう、マッキャンが笑い声をあげた。

「高飛びでもしたと思ってたんじゃないですか、先生？　おれを追い払うことなんてできませんぜ。そこにいてください、手に入れたものを見せに行きますから」

私はマッキャンが来るのを、じりじりしながら待った。姿を見せた彼は、大きな紙製の洗濯物入れ袋を手にした体格のよい赤ら顔の男をともなっていた。男が警察官だということに私は気づいた。表通りでときおり出会うが、制服姿でない彼を見るのは初めてだ。私は二人に椅子を勧め、警察官は椅子の端に腰掛けて、紙袋をそっと膝にのせた。私はマッキャンに目顔で尋ねた。

「シェヴリンは」マッキャンは手を振って警察官を示した。「先生を知ってると言ったんです。まあ、そうでなくても、連れてきましたが」

「ローウェル先生を知らなかったなら、ここへは来てないぞ、マッキャン」シェヴリンは苦虫を噛みつぶしたように答えた。「だが、頭に冷めた茹でジャガイモが詰まってるうちの警部補と違って、先生の頭には立派な脳が詰まっているからな」

「そうかい」マッキャンは意地が悪そうに言い返した。「どっちにしろ、先生は処方箋を書いてくださるさ、ティム」

「処方箋なんか求めてないぞ」シェヴリンが大声を出した。「この目で本当に見たんだと言ってるだろう！　ローウェル先生が、あたしが酔っ払っていたとか頭がおかしいとか判断するなら、警部補に言ったように、先生にもくそくらえと言ってやる。おう、おまえにもだ、マッキャン」

二人のやりとりを聞きながら、私は唖然とした思いが募る一方だった。

「まあ、落ち着きなよ、ティム」マッキャンがなだめた。「おれはあんたを信じてるんだから。どれくらい信じたがってるか、あんたにゃわからんだろうが——その理由もな」

マッキャンがちらりと私に目を向け、警察官を連れてきた理由がなんであれ、彼はリコリのことを教えていないのだと察した。

「ねえ、先生、おれが車から人形が飛び出したって話をしたとき、おれの正気を疑ってらっしゃったでしょう。おれは自分に言い聞かせたんですよ、人形は遠くまで行かなかったかもしれないってね。改良された機械仕掛けの人形の一つだったかもしれないが、それでも、いつかは動きを止めると。それで、人形を見かけた者がいないか探しに行ったんです。そして、今朝、このシェヴリンに出くわしました。シェヴリンが話してくれたんです。さあ、ティム、おれにした話を先生にもしてくれ」

シェヴリンはまばたきをして、神経質そうに紙袋を置き直してから、口を開いた。同じ話を繰り返しているのだという断固とした雰囲気が伝わってくる。彼はこれまでに再三再四、この話をしているのだ。それも、まるきり理解のない聞き役を相手に。話を進めるにつれて、私を挑むような目で見つめ、あるいは喧嘩でも売るかのように声を張り上げていった。

「今朝の一時のことです。パトロールをしていると、誰かが必死な感じでわめいているのが聞こえました。『助けて!』とか『人殺し!』とか『引き離してくれ!』って叫んでるんです。声のする方へ飛んでいくと、上から下までびしっと決めてシルクハットまでかぶった男がベンチに上がって、ステッキであっちを叩き、こっちを叩いては飛び跳ねて大声を出してました。

そばまで行って、男の向こう脛を警棒で軽く叩くと、男はあたしを見るなり、腕に飛び込んできたんです。男の息を嗅いで、この騒ぎの理由はわかったと思いました。男を自分の足で立たせてから、言ったんです。『ほら、しっかりするんだ、すぐに象はピンクじゃなくなるから。密造酒のせいで、そんなに色が濃く見えるんだよ。どこに住んでいるのか言いなさい、タクシーに乗せてやるから。それとも、病院へ行きたいか？』

男はあたしにつかまって立っていたんですが、身体が震えてました。『酔っ払っていると思っているのか？』と男が訊くものですから、あたしは『そうでなけりゃ――』と言いかけて、男をあらためて見ると、酔ってないんです。酔っていたのかもしれませんが、酔いはすっかり醒めてました。男はベンチにどさりと腰を下ろすと、ズボンの裾を引き上げ、靴下を下ろしました。見ると、小さな傷が十箇所以上あって、そこから血が流れているんです。男は言いました。『これもピンクの象のしわざだと言うつもりか？』

あたしは傷を調べて、触れてもみたんですが、間違いなく血でした。誰かにハットピンで刺されでもしたような感じでした――」

私は思わずマッキャンを見つめた。だが、彼は視線を合わせようとしない。平然として紙巻き煙草を巻いていた。

「それで」シェヴリンの話は続いていた。「『どうしたんだ？』と訊くと、男は『人形にやられた！』と答えたんですよ」

小さな悪寒が背筋に走って、私はまたマッキャンに目をやった。今回は、警告するような一瞥が返ってきた。シェヴリンが私をねめつける。

「『人形にやられた！』と男は言ったんですよ」シェヴリンが怒鳴った。「人形にやられたんだとね！」

　マッキャンが小さく笑うと、シェヴリンはぎらつく目を私から彼に移した。私は慌てて口を挟んだ。

「わかったよ、巡査。男は、傷をつけたのは人形だと話したんだね？　確かに、驚くべき言い分だ」

「つまり、信じられないということですか？」シェヴリンは語気荒く訊いた。

「男がそう言ったということは信じているよ」私は答えた。「だが、話を進めてくれないか」

「なるほど、男の言い分を信じるなんて、あたしも酔っ払ってたんじゃないかと、先生もおっしゃるんですか？　ジャガイモが頭に詰まった警部補はそうのたまったんですよ」

「まさか、違うとも」私は急いで安心させた。シェヴリンは落ち着きを取り戻して、話を先に進めた。

「あたしが、『その子の名前はなんというのか？』と尋ねると、男は『誰のなんの名前だと？』と聞き返すんです。それで、『そのかわいこちゃん《ドール》のだよ。きっとタブロイド新聞に写真を載せたがるようなブロンド娘だったんだろう。ブルネットはハットピンなんて使わないからな。使うとすれば、ナイフだ』

『おまわりさん』男はにこりともせずに言ったんです。『本物の人形だったよ。小さな男の人形だ。

わたしが人形と言うときは、比喩などではない。新鮮な空気を吸いながら、そぞろ歩きをしていた。確かに少々引っかけたが、頭が混乱するほどではない。ステッキを振りまわしながら歩いていると、そこの植え込みにすっ飛ばしてしまってね』男は指で示しました。『ステッキをとろうと手を伸ばしたら、そこにその人形があったのだ。人形としては大きなもので、誰かにそんなふうに置かれたかのように、小さくうずくまるかたちになっていた。わたしは拾い上げようと、腕を伸ばした。手が触れたとたん、ばねでも叩いたかのように、人形が飛び上がったのだ。そいつは、わたしの頭の上を飛び越えた。驚いたなんてものではなかった。人形はどこへ行ったのかと植え込みをのぞきこんでいると、ふくらはぎに強烈な痛みが走った。刺されたような感じだった。さっと身を起こすと、大きなピンを手にした人形が足元にいて、また突き刺そうとしていたのだ』

あたしは男に、『あんたが見たのは小人症の男だったんじゃないのかい?』と訊くと、男は『小人症の男なんかじゃない! 人形だったんだよ! そいつがハットピンでわたしを刺していたんだ。背丈は六十センチぐらいで、青い目だった。わたしを見て、おぞましさにぞっとするような笑みを浮かべた。立ちすくんでいると、そいつはまたハットピンを突き出してきた。それでベンチに飛び乗った。人形はベンチの周りを飛び跳ねながらまわっていたかと思うと、ベンチに飛び上がってきて、わたしを刺した。飛び降りては、また飛び上がってきて、刺すんだ。こいつはわたしを殺す気だと思って、大声で叫びまくったのだ。無理もないだろう? そうしたら、きみが来てくれた。人形はそこの植え込みにさっと姿を消したよ。頼むから、おまわりさん、家に帰るタクシーを拾えるまで、ついていてくれ。はっきり言って、もう怖くてたまらないんだよ』

それで、男の腕をとって歩きだしました」シェヴリンが言葉を続けた。「男に同情し、この密造酒はなんて幻覚を見せるんだと思いながら。それでも、脚の刺し傷については、どうやってついたのか不可解でした。表通りに出ました。男はまだ震えていて、あたしはタクシーを止めようと待っていました。そのとき、だしぬけに男が悲鳴にも似た声をあげたんです。『あそこにいる！ほら、あっちに行くぞ！』

男が指さす方向を目で追うと、確かになにかが歩道を小走りに突っ切って通りに出ていくのが見えました。明かりが弱かったので、猫か犬だと思いました。通りの向こう側の路肩に小型のクーペが止まっているのが目につきました。猫か犬と思ったものは、そのクーペに向かっていくようです。男がわめきつづけるので、もっとよく見ようとしたとき、大型車が猛スピードで走ってきました。大型車はそいつを轢いて、止まろうともしません。あたしが警笛を口元へ持っていくよりも早く、大型車は視界から消えていました。轢かれたものが動いているように見え、あたしはまだそれが猫か犬だと思っていたので、楽にしてやろうと、拳銃を手に走っていきました。すると、それまで止まっていたクーペも急発進して、あっという間に走り去ったんです。轢かれたもののそばにいって、あたしが目にしたのは――」

シェヴリンは膝から紙袋を下ろして、そばの床に置き、縛ってあった口を開いた。

「これでした」

紙袋から取り出したのは、一体の人形、というか人形の残骸だった。車はその胴体を轢きつぶしていた。片方の脚がなくなっており、もう片方は糸でぶらさがっている。服は破れ、通りの土埃で汚れていた。間違いなく人形だった――だが、身体をずたずたにされた小さな人間のように思えて、どうにも気味が悪かった。頭部はがっくりと胸に垂れていた。

マッキャンが歩み寄ってきて、人形の頭を起こし、私はその顔に目が吸い寄せられて、食い入るように見つめた……髪が逆立つような感覚に襲われ……鼓動が遅くなって……

私を見上げているその顔、にらみつけている青い目は、ピーターズにそっくりだった！

そしてそこには、死が心臓の動きを止めさせたあとにピーターズの顔に広がったあの悪魔めいた喜びの残像が、薄いベールのように張りついていた。

第七章　ピーターズの人形

　シェヴリンは人形に目が釘付けになっている私を見つめていた。人形が私にもたらした影響に満足していた。

「なんともすごい形相じゃないですか？」シェヴリンが訊いた。「マッキャン、先生はわかってくださってるよ。言っただろう、先生は立派な頭脳をお持ちだって！」底意地の悪そうな人形を連れた赤ら顔の腹話術師よろしく、シェヴリンは人形を片方の膝にのせて椅子に座り直した──悪魔のような笑い声が、人形のにやついてかすかに開いた口から漏れてきても、私は意外にも思わなかっただろう。

「さて、お話ししましょう、先生」シェヴリンが言葉を続けた。「あたしはその場に突っ立って、この人形を見つめていましたが、やがて拾い上げました。『こりゃ、思いのほか複雑だぞ、ティム・シェヴリン』とあたしは自分に言い聞かせました。そして、男はどうしたかと、あたりを見まわしました。男はさっきと同じ場所に立ったままで、あたしが戻っていくと、言ったんです。『話したとおり、人形だっただろう？　ええ？　人形だと言ったんだ！　こいつだよ！』男はあたしが運んできたものにちらっと目をやりました。そこであたしは、『いいかね、あんた、これはどうもただ事じゃない。署まで一緒に来て、警部補にさっきあたしにした話をして、その脚を見せてくれないか』と言ったんです。男は、『かまわないとも。ただし、その人形は、わたしから遠い方の手で持ってほしい』と答えました。それで、あたしは男を連れて署に戻りました。署には警部補と巡査部長と、巡査が二人いました。あたしは大股に歩いていって、警部補の前のデスクに人形を置きました。

『なにかね、これは？』警部補はにやにやしています。『新たな誘拐事件か？』

『あんたの脚を見せてやってくれ』あたしは男を促しました。

『ショーガールよりそそるような脚ならいいがな』ジャガイモ頭の能なしが歯をむいて笑いました。ですが、男はズボンの裾をまくり上げ、靴下を下ろして、脚を見せました。

『いったいどうしたんだ？』警部補は椅子から立ち上がりました。

『人形にやられたのです』男が答えると、警部補は彼をまじまじと見て、まばたきをしながら、また椅子に腰を下ろしました。

あたしは、男のわめき声で駆けつけたこと、男があたしに話したこと、あたしが目撃したことを、報告しました。

巡査部長はげらげら笑って、巡査たちも大笑いしましたが、警部補は顔を真っ赤にして、『わたしをからかおうというつもりなのか、シェヴリン？』と言うんです。それで、『彼があたしに話したことと、あたしがこの目で見たことをお伝えしているんです。人形もそこにあるじゃないですか』と答えました。警部補は、『この密造酒は強烈だが、これほど問題だとは知らなかったぞ』

と言って、あたしに向けた指をくいと曲げ、『こっちへ来い、おまえも一杯やっていないか確認したい』

万事休すと思いましたよ。なにしろ、正直に言うと、男は携帯用の酒瓶を持ってまして、あたしも一口相伴にあずかっていたんです。本当に一口だけです。それでも、息は酒臭くなります。

警部補は、『思ったとおりだ。もう下がれ』とあたしに言うと、男に怒鳴り散らしはじめました。『ご立派な服を着て、シルクハットまでかぶって、街の名士を気取っておるんだろうが、だからって、いい警官を堕落させ、わたしをからかってかまわないとでも思っているのか？　今回はもう過ぎたことだが、二度はさせんからな。こいつを留置場へぶちこんでおけ。ついでに、このいまいましい人形も一緒に放り込め、ずっとそばにいさせてやる！』

そのとたん、男は金切り声をあげて、床にばったりと倒れました。完全に気絶していました。

『哀れな男だな、自分の嘘を本気で信じ込んでいやがる！　目を覚まさせて、放り出せ』警部補はそう命じたあと、あたしに向かって、『おまえがこれほど善良な男でなければ、ティム、今回の件は懲罰ものだぞ。そのぼろぼろになった人形を持って、家に帰れ。おまえの巡回区域には別の者を行かせる。明日も休んで、酔いを醒ましておけよ』と言ったんです。

だから、『わかりました、でも、見たものは見たんです。おまえらなんか、くそくらえだ』って、巡査らに毒づきました。みんな腹を抱えて大爆笑です。それであたしは、警部補に言ったんです。『これで馘になろうとどうしようと、かまいません。あんたもくそくらえだ』みんな笑いつづけているので、あたしは人形を持って署を出ました」

シェヴリンは言葉を切った。

「あたしは人形を家に持ち帰りました」シェヴリンが再び口を開いた。「そして、洗いざらいマギーに――女房です――ぶちまけたんです。マギーはなんて言ったと思います？

『あんた、強いお酒はずいぶん前からすっかり断っていたか、ほとんど飲んでなかったわね。だからって、なんてざまなの！　人形が人を刺すなんて話をしたり、警部補さんに暴言を吐いたりして、スタテン島に飛ばされるかもしれないじゃない。ジェニーが高校に入ったばかりだってのに！　さあ、ベッドに入って、寝て酔いを醒ましてちょうだい。それと、そんな人形、ごみに出しておいてよ』ですよ。

でも、もうその頃には、あたしはかんかんに怒っていたんで、人形はごみに出さずに、寝室へ持っていったんです。さっきマッキャンに会ったら、やっこさん、なにか知ってるみたいなんで、それで話して聞かせたら、ここへ連れてこられたってわけなんです。理由はさっぱりわからないんですが」

「わたしが警部補と話してみようか？」私は尋ねた。

「なんておっしゃるんです？」シェヴリンがいたって冷静に聞き返した。「男の話は真実で、あたしが走る人形を見たのも事実だなんて言ったら、警部補はどう考えるでしょうか。先生もあたしと同じで、頭がどうかしたと思われるのがおちですよ。また、あたしが一時的に自分を見失っていたとでも説明なされば、あたしは病院に送られてしまうでしょう。いいえ、先生。ご厚意には感謝します。ですが、あたしは、これ以上は口をつぐんで、おとなしくし、あんまり風当たりが強くなるなら、連中に袖の下を渡すほかないんですよ。先生が真剣に耳を貸してくださったこと、ありがたく思ってます。気持ちが楽になりました」

立ち上がると、シェヴリンは大きく吐息を漏らした。

「それで、先生はどう思われます？　男が見たと言ったものと、あたしが目にしたもののことですが」シェヴリンはどことなく落ち着かない様子で訊いた。

「酒を飲んでいた男のほうをかばうことはできないな」私は用心深く答えた。「きみが目撃したものについては——そうだね、人形はその前から通りに落ちていて、猫か犬が通りを横切った直後に車が轢いていったのかもしれない。猫か犬は難を逃れたが、その動きがきみの注意を人形に向けさせることになったために、きみは——」

シェヴリンは手を振って私の言葉を遮った。

「いいえ、いいんです、もうじゅうぶんですよ。先生、診断のお礼に、人形は置いていきます」

これ見よがしに肩をそびやかし、赤ら顔をさらに赤くして、シェヴリンは大股に部屋を出ていった。マッキャンは声を立てずに身を震わせて笑っている。私は人形を取り上げて、テーブルに置いた。かすかな悪意が浮かぶその小さな顔を見つめていると、笑う気にはとてもなれなかった。

自分でも理由はよくわからないままに、私はウォルターズが買った人形を引き出しから取り出して、もう一体の隣に並べ、さらに奇妙な結び目のある紐も取り出して、二つの人形の間に置いた。マッキャンはかたわらに立って、眺めていた。彼が低く口笛を吹いた。

「それをどこで手に入れたんですか、先生？」マッキャンは紐を指さした。私がいきさつを話すと、彼はまた口笛を吹いた。

「ボスはそんなものを身につけていたなんて、知らなかったはずです。誰がポケットにすべりこませたんでしょうか。あの女に決まってますね。でも、どうやって？」

「いったいなんの話をしているんだね？」

「魔女のはしごのことです」マッキャンはもう一度、紐を指さした。「メキシコの方では、そう呼ばれてます。邪悪な力を持つものです。魔女はそれをこっそり忍ばせた相手に、力をふるえるんです」彼は紐をのぞきこんだ……。「やっぱり、魔女のはしごです――九つの結び目に、女の髪……こいつがボスのポケットに入っていたとは！」

紐から視線を離さないまま、マッキャンは身体を起こした。私は、彼が紐を手にとろうとしなかったことに気づいた。

「手にとってよく調べてごらん、マッキャン」

「とんでもない！」彼はあとずさりをした。邪悪な力を持つものだと言ってるじゃありませんか、先生」

私は自分を取り巻く迷信の霧が少しずつ、だが確実に濃くなってくるのに苛立ちを募らせていたが、もう我慢の限界だった。

「いいか、マッキャン」私は息巻いた。「シェヴリンの言葉を借りるなら、きみはわたしをからかおうとしているのか？　きみと会うたびに、わたしは信憑性を疑わざるをえないものに直面させられている。最初が、車に乗っていたという人形、次がシェヴリン、そして今度は魔女のはしごだ。きみの目的はなんだ？」

目を険しく細めて、彼は私をじっと見つめた。高い頬骨のあたりがかすかに紅潮している。

「おれの目的はただ一つ」マッキャンは普段よりさらにゆっくりとしたしゃべり方で答えた。「自分の足で立つボスを見たいってことです。あとは、ボスをやった相手を片付けることですよ。シェヴリンのことは――先生は、やつが作り話をしていたとは思ってらっしゃいませんよね？」

「思っていないよ。ただ、リコリが刺されたとき、車の中で彼の隣にきみが座っていたということが脳裏に浮かんできてね。それに今日、これほど早く、きみがシェヴリンを発見したのも不思議でならない」

「なにがおっしゃりたいんで？」

「つまりだね、酔っていた男が姿を消しているということだよ。その男が、きみと共謀していた可能性はじゅうぶんにある。善良なシェヴリンの心に強い印象を刻んだ出来事も、巧妙に仕掛けられた芝居にすぎなかったかもしれない。通りで轢かれた人形も、タイミングよく疾走してきた車も、狙いどおりの結果をもたらすために、細心の注意を払って計画された工作だったかもしれない。そして、結果は上々というわけだ。とどのつまり、昨夜きみと運転手がここにいたとき、通りに止めた車に人形がなかったというのは、きみらがそう言っただけだ。突き詰めれば――」

実際のところ、困惑によって生じた癇癪《かんしゃく》をマッキャンにぶつけているにすぎないと悟って、私は言葉を切った。

「おれが最後まで言いましょう」マッキャンが口を開いた。「すべての黒幕はおれだというわけです」

彼の顔は青ざめ、こわばっていた。

「おれが先生のことを好きなのは、先生にとってもいいことなんですよ。さらにいいのは、先生がボスに公平だとおれがわかってることです。なによりいいのは、ボスが助かるとしたら、助けられるのは先生をおいて、たぶんほかにはいないことです。それだけですよ」

「マッキャン、悪かった。心からすまないと思う。ただ、わたしは自分が口にしたことを悔やんでいるのではなく、そう言わざるをえないことを残念に思っているのだ。疑いは晴れていないのだから。しかもその疑いは、理にかなったものだ。その点はきみも認めるしかないだろう。疑惑はひた隠しにするより、本人にぶちまけたほうがよさそうだな」

「おれの動機はなんです?」

「リコリには強力な敵がいる。一方で、強力な味方もいる。疑いを持たれることなくリコリを始末できて、世評が高いうえに私欲に走らない医者が言葉巧みに騙されて病死の死亡診断書を書けば、彼の敵には願ったり叶ったりだろう。なにも驕りからではなく、わたしはそういう医者であるという、専門職としての誇りから言っているんだ、マッキャン」

マッキャンはうなずいた。表情がやわらいで、物騒なほどだった緊張が解けている。

「異論はありません、先生。その点についても、ほかに先生がおっしゃったことについても。ですが、そんなにおれを買いかぶってくれて、お礼を言いますよ。だって、先生がおっしゃったように事を運ぶには、よほど悪知恵の働くやつでないと無理ですからね。ちょうど午後二時二十分十六秒に男の頭へ煉瓦を落とそうと、わざとらしい作戦を七十五通りも立ててみせるコミックの登場人物のように。ええ、おれは頭がいいに違いありませんや！」

　この痛烈な皮肉に、私は顔をしかめたが、言い返しはしなかった。

　マッキャンがピーターズそっくりの人形を手にとって、ためつすがめつしはじめた。私はリコリの状態を確認しようと、電話機の方へ向かった。マッキャンの叫び声に、足が止まる。彼は私を手招きして、人形を手渡し、人形が着ているコートの襟を指さした。私は襟をさぐってみた。指が、大ぶりのピンの丸い頭らしきものに触れる。短剣を鞘から抜くように、二十センチあまりもある細長い金属製のものを引き出した。一般的なハットピンより細身で、硬く、先端が尖っていた。

　一瞬のうちに、リコリの心臓を突いた凶器を目の当たりにしているのだとわかった！

「新たな〝疑わざるをえないもの〟ですか！」マッキャンは強い南部訛で言った。「おれが仕込んだのかもしれませんね、先生！」

「ありうるな、マッキャン」

　彼は笑い声をあげた。私は風変わりな剣――まさにそれは剣だった――を調べてみた。鋼鉄製だという確信はないが、きわめて質のよい鋼鉄でできているような感じだ。ほかにこれほど硬い金属は思いつかなかった。頭の部分は差し渡し一センチ半ほどがやや丸みを帯びていて、ピンの頭というよりは、短剣の柄に似ている。拡大鏡で見てみると、そこには細長い溝が刻まれていて……滑り止めでもあるかのように……人形の手が人形用の短剣を持つために！　その短剣には染みがついていた。

苛立たしげに頭を振ると、あとで染みを検査しようと、それを脇へ置いた。血痕だとはわかっていたが、確認しないわけにはいかない。とはいうものの、血痕だとしても、信じがたいこと――人形の手がこの剣呑なしろものを使ったという――の証明にはならない。

ピーターズにそっくりの人形を手にとって、詳しく調べはじめた。なんの素材でできているのか、わからなかった。もう一体の人形のような木ではない。ゴムと蠟を合成したもの、というのが最も近いだろうか。そんな合成素材に心当たりはなかったが。人形から服を脱がせた。人形の損傷していない部分は、解剖学的にみても矛盾がなかった。髪は人毛で、頭に丁寧に植え込まれている。目は、青いなにかの結晶だ。服は、ウォルターズが買った人形の服と同じ、並外れた技量でつくられていた。

間近で見ると、とれかけている脚は糸でぶらさがっているのではなかった。針金でつながっている。どうやら人形は、針金細工の芯に肉付けを施したものらしい。医療器具を入れてある棚へと歩いていき、手術用ののこぎりと、メスを何本か選び出した。

「ちょっと待ってください、先生」マッキャンがあとについてきていた。「人形をばらすんですかい？」

私はうなずいた。マッキャンはポケットに手を突っ込み、重量感のあるハンティングナイフを取り出した。止める間もなく、彼はそのナイフの刃を、ピーターズそっくりの人形の首へ、斧のように打ち下ろした。首がきれいに切れる。マッキャンは頭部をつかんで、ひねった。まだつながっていた針金がぽきりと折れる。頭部をテーブルに放り出すと、胴体を私に投げて寄越した。頭部が転がっていく。それはマッキャンが魔女のはしごと呼んだ紐にぶつかって止まった。

顔がこちらに向きを変え、私たちを見上げているような気がした。一瞬、その目が赤く燃え上がり、表情がゆがんで、激しい悪意をさらに募らせたように思えて——ピーターズ本人の顔に浮かんでいた悪意が強まるのを目の当たりにしたときのように……。私は我に返って、光のいたずらに憤然とした。そう、光のいたずらに決まっている。

マッキャンに向かって、私は毒づいた。

「どうしてこんなことをしたんだね?」

「ボスには、おれより先生のほうが価値がありますから」マッキャンが謎めいた返事をした。

私はなにも言わなかった。首を切り離された人形を切り開いた。予想に違わず、人形は針金細工を芯にこしらえられていた。肉付けされた素材を切り取っていくと、その芯の部分は、一本の針金か金属製の撚り線でできており、人形の身体が精巧に形作られているのと同様、それは巧みに曲げられて、人間の骨格を再現していた!

いや、細部まで再現されているわけではないが、それでも、驚くほどの精巧さで……関節などはないものの……人形を形作っている物質はきわめて柔軟性があって……小さな手も曲げ伸ばしができ……人形というより、小さな人間を解剖しているようで……。なんともおぞましかった。

切り離された頭部に、ちらりと視線を向けた。

マッキャンが人形の頭部に身をかがめて、きらめきを放つ青い結晶からほんの十数センチという近さから、その目をのぞきこんでいた。彼はテーブルの端を両手でつかんでいたが、その手に並々ならぬ力がこもっているのが見てとれる。まるで人形の頭部から顔を遠ざけようと躍起になっているかのようだ。マッキャンがテーブルに放り出したとき、頭部は結び目のある紐にぶつかって止まっていた——ところが、今はその紐が、小さな毒蛇のごとく、人形の首と額に巻きついているではないか！

明らかに、マッキャンの顔は近づいていっている……じわじわと……小さな頭部に……引き寄せられてでもいるかのように……その小さな顔には禍々しい悪意が凝縮していて、マッキャンの顔には恐怖が張りついていた。

「マッキャン！」私は叫んで、彼の顎の下に腕を差し込み、頭を引き戻した。そのとき、確かに、人形の目が私に向けられ、その唇がなにごとかつぶやくように動いた。

彼はうしろへよろめいた。ほんの一瞬、私を見つめていたものの、素早くテーブルに近づいた。人形の頭部をつかみあげたかと思うと、床に叩きつけ、毒蜘蛛を踏みつぶすように、靴のかかとで繰り返し踏みつける。踏みつけるのをやめる前に、頭部は原形をとどめないほどにつぶれ、人間めいた面影を残すものはまるきり消えて——だが、そんな中でも、目だった二つの青い結晶はまだきらめいていて、魔女のはしごだという結び目のある紐も、そこに巻きついたままだった。

「くそ！　こいつが……おれを引き寄せて……」

マッキャンは震える手で煙草に火をつけ、マッチを放り投げた。マッチは人形の頭部だったものの上に落ちた。

マッチの火が触れた瞬間、閃光がきらめいて、聞く者の胸をざわつかせるすすり泣きが聞こえ、強烈な熱が波となって広がった。つぶれた頭部があった場所には、きれいに磨かれた床に不規則な形の焦げ目が残っているだけだ。その中に、人形の目だった青い結晶が——輝きを失い、黒ずんで、転がっている。結び目のある紐は跡形もなく消えていた。

人形の胴体のほうもなくなっていた。テーブルの上には、蠟が溶けたような、吐き気を催す黒っぽい液体が広がっており、そこから針金細工の肋骨が突き出ていた！

別館とつながっている電話が鳴りだし、私は機械的に受話器をとった。「わたしだ。なんだね？」

「リコリさんです、先生。昏睡状態から脱しました。目を覚ましたんです！」

私はマッキャンを振り返った。

「リコリの意識が戻ったぞ！」

マッキャンは私の両肩をつかみ——すぐに一歩離れた。顔にはかすかな畏怖の表情が浮かんでいる。

「本当ですか？」マッキャンがささやくように言った。「そう——ボスが目覚めたのは、結び目が燃えたからだ！　それで解き放たれたんですよ！　これから注意しなければならないのは、先生とおれですね！」

第八章　ウォルターズ看護師の日記

マッキャンを連れて、私はリコリのベッドのそばへ行った。なによりボスに会わせれば、彼が嘘をついているのではないかという私の疑念も払拭されると思ってのことだった。先ほどの奇妙な出来事も、起こってほぼすぐに思い至ったことだが、どれもがマッキャンによる巧妙なまやかしかもしれなかったからだ。人形の頭を切断したのは、私の想像をかきたてるための派手な演出だったかもしれない。結び目のある紐に気味の悪いいわくがあると話して聞かせたのは、マッキャンだ。ピンを見つけたのも彼。切り落とした頭部に引き寄せられたのも、演技でなかったとは言えない。そして、火のついたマッチを放り投げたのは、証拠を隠滅するための計算ずくの行動だったかもしれないのだ。私はあのとき自分が示した反応も、妥当なものだったという確信が持てなかった。

その一方で、マッキャンを非の打ち所のない俳優であり、狡猾な策略家であるとも考えにくかった。だが、ああいった抜け目のない企てができる別の人物の指示に従っていたということはありうる。私はマッキャンを信じたかった。この試みでいい結果が出てほしかった。本気でそう願っていた。

試みはまったくもって失敗だった。リコリは完全に意識が戻っていて、すっかり目覚めており、脳も以前と同じように鋭敏に活動しているようだ。ところが、意思の疎通がまだできなかった。精神は解き放たれていたが、肉体は自由を取り戻せていなかった。麻痺したままの状態で、生命を維持するために欠かせない不随意神経系は別として、それ以外の筋肉はどれも動かせないのだ。リコリはしゃべれなかった。私を見つめる目は、生気と知性に輝いているものの、顔は無表情で……マッキャンに対しても同じように見つめていた。

マッキャンがささやき声で訊いた。「ボスは耳は聞こえるんですか？」

「そう思うが、返事のしようがないんだよ」

マッキャンはベッドのそばで膝をついて、リコリの手を握った。はっきりとした声で報告する。

「すべて順調にいってますぜ、ボス。みんなでやってます」

口ぶりも、態度も、やましいところのある男のものではなかった——とはいえ、リコリが答えられないということは、もう伝えてある。私はリコリに言った。

「目覚ましい回復ぶりだ。きみは激烈なショックを受けたんだな。原因はわかっているよ。あちこち動きまわれるより、一日かそこらは、このままのほうがいい。れっきとした医学的根拠があって言っているんだ。心配せず、心を穏やかにして、いやなことは考えないようにしてほしい。気持ちをリラックスさせること。効き目の緩やかな注射を打とう。抗わないでくれ。眠るんだ」

私は皮下注射を打って、すぐに薬の効き目が現れたのを、満足とともに見守った。間違いなく、リコリには聞こえていたのだ。

マッキャンとともに書斎へ戻った。私は目まぐるしく考えていた。リコリの麻痺がいつまで残るか知るすべはない。一時間後には完全に回復して目を覚ますかもしれないし、数日間はあのままかもしれない。さしあたり、三つのことを確実にしておかなくてはならないだろう。一つ目は、リコリがピーターズそっくりの人形を手に入れた店の徹底的な監視が続けられていること。二つ目は、マッキャンが説明した二人の女性について、できるかぎりの情報を手に入れること。三つ目は、どういうきっかけで、リコリがその店に行ったかを調べ出すこと。店であった出来事について、私はマッキャンの説明を言葉どおりに受け取ることにした——少なくとも、とりあえずは。そう、必要以上に彼を信用していると認めたくなかった。

「マッキャン」私は口を開いた。「ゆうべ話がまとまったとおり、人形の店にはずっと見張りをつけてくれているのかい？」

「もちろんです。蚤一匹、出入りしてもわかりますぜ」

「なにか報告はあったのかね？」

「手下が店を囲むようにして配置についたのは、真夜中近くです。店の表側は真っ暗でした。店の裏手には建物があって、店とその建物の間には細い通りがあるんです。店の裏側の窓には頑丈な鎧戸がついてるんですが、その下から明かりが漏れてました。二時頃に、例の魚の腹みたいに白い娘が通りをこっそりとやってきて、店に入りました。店の裏手を見張っていた連中の話では、凄まじいわめき声が聞こえたあと、明かりが消えたそうです。朝は、娘が店を開けました。しばらくして、大女も姿を見せたということです。しっかり監視してますよ」

「二人についてわかったことは？」

「女は、マダム・マンディリップと名乗ってます。娘は、その姪です。まあ、本人がそう言ってるだけですが。二人が引っ越してきたのは八か月ほど前です。どこから来たのかは、誰も知りません。支払いはきっちりしてます。金に不自由している様子はありませんね。買い物はすべて姪がやってます。大女のほうはまったく外出しません。二個の貝みたいに、自分たちの殻に閉じこもってます。近隣の付き合いもいっさいなしです。女には、かなりの数の得意客がいるようです――その多くが、金を持ってそうな客だとか。どうやら売ってる人形には二通りあるようですね――一つは、普通の人形とその小物類、もう一つは、女の神業だと言われている特別な人形です。近所の人間は、二人を毛嫌いしてます。中には、女がヤクの売人だと思っている者もいましたよ。今のところ、これだけです」

特別な人形？　金を持ってそうな客？

良家の女性のベイリーや銀行家のマーシャルのような、金に余裕のある人物のことだろうか。普通の人形――は、軽業師や煉瓦職人のような客向けか？　いや、そういった人形も、マッキャンにはうかがい知ることのできなかったかたちで、〝特別〟なのかもしれない。

「店の奥には、部屋が二つか三つあって、二階は倉庫のような広い一つの部屋になってるそうです。二人は一軒まるまる借りてるんですよ。店の奥の部屋で暮らしてるようですぜ」

「よく調べたな！」私は賞賛したあと、ためらいがちに訊いた――「マッキャン、例の人形だが、誰かを連想しなかったかね？」

マッキャンは目を細くして私をじっと見つめた。

「先生が答えてくださいよ」だいぶ経ってから、乾いた口調で言う。

「そうか――わたしはピーターズに似ていると思ったのだが」

「似ていると思ったですって！」マッキャンは声を荒らげた。「似ていたなんてものじゃないでしょう！　ピーターズそっくりだったじゃないですか！」

「だが、きみはそんなことは一言も口にしなかっただろう。どうしてだ？」私は訝しんで尋ねた。

「そんなことは――」マッキャンは言いかけて、自分を抑えた。「先生もお気づきになってるとわかったからですよ。シェヴリンがいたので、触れないのだと思って、自分も従ったんです。そのあとは、先生はおれに厳しい言葉を浴びせるのに夢中で、口にする機会もありませんでしたしね」

「人形をつくったのが誰であれ、ピーターズをよく知る人物にちがいないな」私はこのあてこすりを受け流した。「きっとピーターズは、画家か彫刻家のためにポーズをとるように、人形のモデルになってやったのだろう。どうして彼はそんなことをしたんだろうな。それはいつのことなのか。そもそも、誰が彼に似た人形をこしらえたいと思うんだろう？」

「あの大女を一時間も締め上げさせてくれるなら、答えを持って帰ってきますぜ」マッキャンはにこりともせずに言った。

「だめだ」私はかぶりを振った。「リコリが口をきけるようになるまで、その手のことはおあずけだ。だが、別の方面から手がかりを得られるかもしれないな。リコリが人形の店へ行ったのは、狙いがあってのことだった。それがなんだったのかは、わたしにも見当がつく。けれど、リコリがその店に注意を向けたきっかけがわからない。わたしには、ピーターズの妹から聞いたことがきっかけになったと思うだけの根拠はあるんだが。きみは妹のもとへ行って、昨日リコリにどんな話をしたのか聞き出せるくらい親しいかね？　さりげなく——それと悟られないように——リコリの状態を伝えることなく？」

彼はぶっきらぼうに答えた。「もっとヒントをくれないと無理ですね。モリーもばかじゃないんです」

「いいだろう。リコリがきみに話しているかどうか知らないが、ホーテンス・ダーンリーは亡くなっている。わたしとリコリは、彼女の死とピーターズの死はつながりがあると考えているんだ。二人ともモリーの子供をかわいがっていたことに関係があるのではないかとね。ホーテンスは、まさにピーターズと同じように死亡したことから——」

マッキャンがかすれた声で口を挟んだ。「つまり、同じ——状況で、ということですか？」

「そうだ。わたしたちには、二人が同じ場所で、その——病気を拾ったかもしれないと考える根拠があった。リコリは、モリーがその場所を特定するなにかを知っているはずだと踏んだのだろう。ピーターズとホーテンスが、二人同時である必要はないが、出かけていき——感染にさらされた場所を。害意を持った人物に意図的に感染させられたということもありうる。モリーから聞いた内容のせいでマンディリップの店に行ったことは火を見るよりも明らかだ。けれども、一つ厄介なことがある——昨日、リコリが伝えていなければ、モリーは兄が死んだことを知らないのだ」

「そうです」マッキャンはうなずいた。「ボスはおれらに口止めしましたから」

「リコリが彼女に教えていないなら、きみも話してはいけない」

「先生は胸にしまっておられることがずいぶんあるようですね」マッキャンは出かけようと、椅子から立ち上がった。

「ああ」私は率直に認めた。「だが、けっこう話したよ」

「そうですか？　ええ、たぶんね」マッキャンは暗い顔つきで、私をじっと見つめた。「ともかく、ボスがモリーに話していたかどうか、すぐにわかりますよ。ボスが伝えていれば、自然とその話になるはずです。伝えていなければ——まあ、彼女と話したあと、先生に電話しますよ。では、また！」《アスタ・ルエゴ》

ふざけ半分の別れの言葉とともに、マッキャンは引き揚げていった。私は人形の残骸が載っているテーブルへと歩み寄った。気味の悪い液体は固まっていた。ぺちゃんこになった人のようなかたちで固まっている。そこから突き出ている小さな肋骨や折り取られた背骨の針金が光っているさまは、じつにおぞましかった。気乗りはしなかったが、自分を奮い立たせて、分析のために残骸を集めようとしたとき、ブレイルが部屋に入ってきた。リコリが目を覚ましたことやそのほかの出来事についてしゃべるのに夢中で、ブレイルが青ざめた顔にただならぬ表情を浮かべているることに気づいたのは、しばらく経ってからだった。マッキャンに関する疑惑を話している最中だったが、途中でやめて、ブレイルにどうしたのかと尋ねた。

「今朝、ハリエットのことを考えながら目を覚ましました。四―九―一という暗号は、本当に暗号だったとすればですが、ダイアナを指すものではないとわかっていました。そのときふいに、日記を指しているかもしれないと思い当たったんです。dとiとaは、日記《ダイアリー》の最初の三文字でもありますからね。その考えが頭から離れなくなってしまって。折りをみて、ロビンズを連れてアパートメントに行ってみました。二人で探してみたところ、ハリエットの日記を発見したのです。これがそうです」

ブレイルは赤い表紙の小ぶりな日記帳を手渡した。「ぼくはもう目を通しました」

私は日記帳を開いた。事柄と関係のある箇所を抜き書きしておく。

十一月三日。

今日は少し妙な経験をした。水族館に新しく入った魚を見に、バッテリー公園へ行った。そのあと、一時間かそこら時間があったから、ダイアナのおみやげになるものはないかと、古い通りをぶらついてみた。すごく変わった小さな店を発見した。風変わりで古めかしくて、ショーウインドーには、見たこともないくらいきれいな人形や、人形の服が飾ってある。足を止めて眺めたり、ショーウインドー越しに店の中をのぞいてみたりした。

店には若い店員がいた。こちらに背中を向けている。ところが急に振り向いて、わたしを見つめた。思わずぎょっとした。彼女の顔はただ白くて血の気もないし、目は大きくて、見開いているような、怯えているような感じだったから。灰色がかったプラチナブロンドの髪はたっぷりとしていて、頭の上でまとめている。あんなに変わった見た目の女性は見たことがなかった。

丸一分間は、二人で見つめ合っていた。やがて、店員は大きく首を振って、立ち去れというように手を動かした。わたしはびっくりして、自分が目にしているものが信じられないくらいだった。店に入って、どういうことなのか彼女に訊いてみようとしたけれど、時計を見たらちょうど病院へ戻る時間になっていた。

もう一度、店内をのぞきこむと、店の奥にあるドアがゆっくり開いていくところだった。店員が、もうほとんど悲壮な感じで、また同じしぐさをする。なんとなく、急に走って逃げ出したくなった。でも、そうしなかった。歩いて立ち去りはしたけれど。

あの出来事がずっと心に引っかかっている。それに、好奇心をかきたてられているだけでなく、少し腹立たしくも思っている。人形も衣装もすばらしいものだった。わたしのどこが客としてよくなかったというのかしら。そのうち突き止めよう。


十一月五日。

今日の午後、例の人形の店に行ってみた。ますます謎めいている。でもわたしには、不可解というほどではないかも。あのかわいそうな店員は、少し頭がおかしいのだ。

店先で足を止めてショーウインドーをのぞいたりせずに、さっさと中へ入った。白い顔の店員は店の奥にある小さなカウンターの中にいた。わたしを見るなり、いっそう怯えたような目をして、身体まで震えている。そばまで歩いていくと、彼女はささやくように言った。

「ああ、どうして戻ってきたりしたの？　店には来るなと合図したのに！」

わたしはこらえきれずに笑って、言い返した。「あなたみたいな変わった店員さんは初めてだわ。商品を買ってほしくないの？」

店員は小声で口早に、「手遅れよ！　もう出ていけないわ！　でも、なんにも触らないこと。あの人が渡すものに触れてはいけない。指し示されたものにも触れてはだめ」と言ったあと、ごく普通の店員らしく、はっきりとした口調で言った。「なにかお見せしましょうか？当店は、人形のものを各種そろえております」

手のひらを返したような態度は、驚くばかりだった。そのとき、店の奥にあるドアが、一昨日、来たときに開きかけていたドアが開いていて、女性が立ってわたしを見ているのに気づいた。

どのくらいの間か、わたしはその女性をぽかんと見つめていた。本当に強烈な印象の女性だった。身長は百八十センチ近く、体重もありそうで、豊かな胸をしている。太っているわけではなく、たくましい感じだった。顔は細長く、肌は褐色。明らかに口ひげが生えていて、もじゃもじゃの髪は鉄灰色だ。わたしの視線を引きつけてやまないのは、彼女の目だった。とにかく大きくて――黒くて、生気に満ちあふれている！　底なしのバイタリティーの持ち主にちがいない。それとも、生気を抜かれたような白い顔の店員と比べるから、そう見えるのかもしれない。違う、やっぱりこの女性は恐ろしいほどの生命力の持ち主だ。彼女に見つめられると、なんだか奇妙にぞくぞくする。ばかげたことを連想した――

「なんて大きなお目々なの、おばあちゃん！」

「おまえをよく見るためにだよ、赤ずきん！」

「なんて大きな歯なの、おばあちゃん！」

「おまえをしっかり噛んで食べられるようにだよ！」

（すべてがばかげているかは自信がないけれど）

実際に、その女性は丈夫そうな黄色の大きな歯をしていた。わたしは愚か者みたいに言った。「はじめまして」

女性は微笑して、わたしの身体に軽く手を置いた。とたんに、また奇妙なぞくぞくする感覚が全身に走った。彼女の手は、見たこともないほど美しかった。美しすぎて、この世のものではないような感じだ。長くて、指は先にいくほど細く、肌の色が抜けるように白い。エル・グレコかボッティチェッリが描く女性の手みたいだ。不思議な衝撃を受けたのは、手のせいかもしれない。彼女の大柄で造作の粗い容貌に似つかわしくなかったからだ。それを言うなら、目もそうだ。手と目は調和がとれている。ええ、確かにそう。

笑みを浮かべたまま、女性は言った。「美しいものがお好きなのね」その声は、手と目に合ったものだった。深みのある、豊かで、ぬくもりのあるアルト。オルガンの和音のように、身体に染み渡る感じがする。わたしはうなずき返した。女性は、「だったら、ぜひお見せしたいものがあるの。いらして」と言い、店員には一瞥もくれなかった。女性はドアの方へ向きを変え、わたしは彼女についていった。戸口を通り抜けながら店員を振り返ってみた。彼女はさらに怯えた様子で、声に出さすになにごとか言ったが、唇の動きではっきりとわかった

――「忘れないで」

案内された部屋は――うーん、なんとも表現できないものだ。女性の目や手や声に似ている。

部屋に足を踏み入れた瞬間、そこはもうニューヨークではないという妙な感覚にとらわれた。アメリカですらない。もっと言うなら、地上のどこでもない。現実に存在しているのはこの部屋だけだという感じだ。なんだか怖かった。部屋は、店の大きさから判断すると、ありえないほど広い。おそらく光の加減でそう思えたのだろう。やわらかな弱い光だった。部屋には、天井にさえも、みごとな鏡板が貼られていた。部屋の一方には物が置かれていなくて、その壁の鏡板は、歳月を感じさせる美しい黒っぽいもので、全面にとても浅い浮き彫りが施されている。暖炉があって、火が燃えていた。普通では考えられないくらいに暖かかったけれど、空気は重くよどんでいない。燃えている木からだろう、かすかな芳香が漂っていた。調度品も古くて優美だけど、なじみのないものばかり。明らかに年代物だとわかるタペストリーが何枚か壁に掛かっていた。おかしなことに、部屋にどんなものがあったのか、どうもよく思い出せない。はっきりしているのは、その部屋が見たことがないほど美しかったということだけだ。とてつもなく大きなテーブルがあったのは覚えているし、それを見て〝貴族の食卓〟を連想したのも記憶に残っている。まるい鏡も脳裏に焼きついているけれど、あ

れのことは考えたくない。

気がつくと、自分のことやダイアナのこと、姪が美しいものが大好きなことを、すべて話していた。女性は耳を傾けていたが、あの深みのある甘美な声で言った。「姪御さんは美しいものをお持ちになるべきだわ」飾り棚へと歩いていくと、これまで目にした中で最高に美しい人形を持ってわたしのところへ来た。ダイアナがどんなに夢中になるかと思って、わたしは息をのんだ。小さな赤ちゃん人形で、とても生き生きしていて、本当にきれいだ。「姪御さんは気に入ってくれるかしら?」彼女が訊いた。わたしは答えた。

「でも、こんなにみごとな人形はとても買えません。貧乏ですから」

女性は笑った。「けれど、わたくしは貧乏ではないの。衣装を仕上げたら、これは差し上げるわ」

ぶしつけだったけれど、言わずにはいられなかった。「あなたはとてもお金持ちなんですね、こうした美しいものをすべて持っておられるんですもの。なのに、どうして人形の店を開いてらっしゃるんですか?」

彼女はまた笑った。「あなたのようにすてきな方と出会うためよ」

そのとき、あの鏡で不思議な経験をした。鏡は円形で、それまでも視界には入っていたけれど、あらためて見つめたのは、それが澄みきった巨大な水の玉を半分にしたもののようだったから。鏡の枠は茶色の木製で、精緻な彫り物がされているのだけど、鏡に映ったその彫り物が、森の中にある淵の周辺に生えている草木が風にそよぐように、ときおり揺らいでいるように見えた。のぞきこんでみたいと思ったとたんに、その衝動が抑えられなくなった。

わたしは鏡のそばまで歩いていった。鏡には部屋全体が映っていた。でも、部屋の中にあるものや自分が映っているのではなくて、よく似た別の部屋と、そこにいる自分をのぞきこんでいるような感じなのだ。そのうち、表面が揺らめいて、映っている部屋はぼんやりとしたものになったのに、自分の姿ははっきりと映ったままだった。やがて、見えるのは自分の姿だけで、その自分はどんどん縮んでいき、しまいには大きめの人形くらいになった。顔を近づけると、小さな顔も近づいてくる。首を振って、笑ってみると、鏡の向こうでも同じことをする。確かに、わたしが映っている——でも、すごく小さい！　突然、恐怖に駆られて、目をぎゅっと閉じた。それから目を開けて、再び鏡をのぞいてみると、なにもかも元通りに映っていた。

腕時計に目をやって、時間がずいぶん経っていることに愕然とした。心の内ではまだ激しく動揺したまま、椅子から立ち上がった。女性が口を開いた。「明日またいらしてちょうだい。人形をお渡しできるようにしておくわ」わたしはお礼を言って、そうすると答えた。彼女は店に通じるドアまで送ってくれた。店員は、わたしが前を通りすぎても、こちらに視線を向けようとはしなかった。

女性の名前は、マダム・マンディリップ。彼女のところへは、明日も、それ以降も二度と行かないつもり。彼女には興味を引かれるけれど、怖い思いもさせられたから。まるい鏡の前で感じたことも、気に入らない。それに、最初に鏡をのぞいて、部屋全体が映っているのを見たときに、どうして彼女の姿は映っていなかったのかしら。そう、映っていなかった！　部屋も、それなりに明るかったけれど、窓もランプも見た覚えがない。そして、あの店員！　そうは言っても――ダイアナはあの人形がすごく気に入るだろう！


十一月七日。

マダム・マンディリップのところへは戻らないと決めたのに、妙なことに、それを守るのがとても難しい。心がどうにもざわめいている！　ゆうべは恐ろしい夢を見た。あの部屋に戻っていたと思う。部屋の様子がはっきりと見えたから。でも、ふいに、わたしは外から部屋を見ているのだと気づいた。わたしは鏡の中にいた。身体が小さくなっている。人形のように。震え上がって、鏡を叩いたり、窓ガラスにぶつかる蛾のように体当たりしてみたりした。そんなことをしていると、指が長く美しい二つの白い手がこちらに伸びてきた。鏡を開いて、わたしをつかまえ、わたしは逃げ出そうと、もがいたり、暴れたりした。目を覚ますと、息苦しいほど心臓が激しく打っていた。ダイアナが言うには、わたしは大声で、「いやよ！　いや！　絶対にいや！　いやだったら！」と叫んでいたらしい。それも、何度も。ダイアナがわたしに枕を投げつけ、どうやらそれで、わたしは目が覚めたのだった。

今日は午後四時に病院を出て、まっすぐ家に帰るつもりだった。なんのことを考えていたのかわからないけれど、きっとそのせいで頭がいっぱいだったにちがいない。気がつくと地下鉄の駅にいて、ボウリング・グリーン駅行きの電車に乗ろうとしていた。バッテリー公園の最寄り駅だ。ぼんやりしていて、マダム・マンディリップのところへ足が向いていたのだろう。わたしはぎょっとして、ほとんど駆け出すように、駅から地上の通りまで出た。

いかにもばかげたふるまいだったと思う。常々、自分の良識というものに誇りを持っているのに。神経症になっているのかどうか、ブレイル先生に相談したほうがよさそうだ。マダム・マンディリップに会いに行ってはならない理由などないはずなのだから。彼女はとても興味深い人だし、はっきりとわたしに好意を示してくれている。あの愛らしい人形をくれるなんて、すごくありがたいことじゃないの。きっと彼女は、わたしのことを恩知らずの不作法者だと思っているはずだわ。それに、人形をもらってくれれば、ダイアナだって喜ぶだろう。

鏡に対して抱いている感情だって、考えてみれば、『不思議の国のアリス』のように、というか『鏡の国のアリス』のように子供っぽい。鏡とか表面が反射するものは、人に奇妙なものを見せるときがあるじゃないの。たぶん暖かさとあの香りも大きく関係していたのだろう。マダム・マンディリップが鏡に映っていなかったことも、じつを言うと自信がない。自分を見つめるのにすっかり気をとられていたから。魔女を前にした子供みたいに逃げ出して隠れるのはあまりにばかげている。でも、わたしがやっていることは、まさにそれだ。あの若い店員がいなかったら——いいえ、彼女は間違いなく神経症患者だわ！　あの人のところへ行きたい。どうして、そうしてはいけないのだろう。

十一月十日。

ほんと、ばかげた考えにこだわらなくてよかった。マダム・マンディリップはすごくいい人だ。まあ、理解できない奇妙なことはいくつかあるけれど、それは、あの人がこれまでに出会った人たちとはまるきり違っているし、あの人の部屋に入れば世界が激変してしまうからだろう。あの部屋を出るときは、魔法のかかったお城から、平凡で退屈きわまりない世界に戻っていくような気分になる。

昨日の午後は、病院からまっすぐ彼女に会いに行くことにした。そう決めたとたん、心が晴れ晴れとした気がした。この一週間で、いちばん楽しくて、幸せだった。店に行くと、肌の白い店員——名前はラシュナだ——が、今にも泣きそうな表情で、わたしを見つめてきた。ひどくおかしな感じで声を詰まらせながら言った。「覚えておいてね、あなたを助けようとしたこと！」

あまりにおかしくて、わたしは笑ってしまった。そのとき、マダム・マンディリップがドアを開け、彼女の目を見て、声を聞いて、わたしはどうしてこんなに心が浮き立っているのかを悟った——ひどいホームシックでさんざん苦しんだ末に、家に帰ってきたような感じだったのだ。美しい部屋がわたしを温かく迎え入れてくれた。本当にそうなのだ。そうとしか言いようがない。わたしには、部屋がマダム・マンディリップと同じように生命感にあふれているという奇妙な感じがあった。彼女の一部——というか、彼女の目や手や声といった部分の一部と言ったほうがいいだろうか。

マダム・マンディリップは、わたしがなかなか店に来なかった理由を尋ねなかった。人形を取り出した。この前見たときより、さらにきれいだ。でも、最後の仕上げがまだらしい。椅子に座って話をしているうち、彼女が言い出した。「あなたを人形にしてみたいわ」これが正確な言葉で、口に出されたとたん、わたしは恐怖に取り憑かれた。夢のことを思い出して、鏡から出ようと、鏡に体当たりしている自分の姿が目に浮かんだせいだ。だがすぐに、それがマダム・マンディリップならではの話し方で、彼女はわたしに似た人形をつくりたいと言っているのだと気づいた。それで、わたしは笑って、答えた。

「ええ、わたしを人形にしてくださってかまいません、マダム・マンディリップ」彼女はいったいどこの国の生まれなのだろうか。

マダム・マンディリップも一緒になって笑い、もともと大きな目がさらに大きくなって、きらきらと輝いた。蠟を取り出すと、わたしの頭をつくりはじめた。優美な長い指が、その一本ずつが小さな芸術家ででもあるかのように素早く動く。わたしは引き込まれるように、その動きを見つめた。しだいにまぶたが重くなって、眠くてたまらなくなる。マダム・マンディリップが言った。

「ねえ、服を脱いで、あなたの全身をつくらせてもらえないかしら。どうかびっくりしないでちょうだい。わたくしはただのおばさんなんですから」

わたしは少しも気にならなかったので、眠そうな声で答えた。「ええ、かまいませんわ」服を脱いで、小型のスツールの上に立ち、白い指のもとで、蠟が小さな、わたしそっくりのかたちになっていくのを眺めていた。かたちが完璧だとわかってはいたけれど、ひどい睡魔に襲われていて、よく見えてはいなかった。あまりに眠くて、服を着るのにマダム・マンディリップの手を借りなければならないほどだった。そのあと、すっかり寝入ってしまったにちがいない。目を覚ますと、マダム・マンディリップに軽く手を叩かれながら声をかけられていて、ひどく驚いた。彼女は言っていた。

「ごめんなさいね、疲れさせてしまって。よければ、泊まっていってくれてかまわないわ。でも、帰らなければならないなら、だいぶ遅い時間になっているわよ」わたしは自分の腕時計に目をやって、まだ眠気が去っていなくて文字盤がよく見えなかったけれど、すっかり遅くなっているのはわかった。ところが、マダム・マンディリップがわたしのまぶたに手を押しあててくれた瞬間、眠気が吹き飛んでいた。彼女は言った。「明日、人形をとりに来てちょうだい」わたしが、「できるかぎりのお支払いをしますわ」と答えると、「あなたを人形にさせてくれたのだもの、もうそれでじゅうぶんよ」と返された。二人で笑い合い、わたしは部屋を出た。

白い顔の店員は客の対応をしていたが、わたしは「さよなら《オー・ルヴォワール》」と声をかけた。たぶん聞こえなかったのだろう、店員は挨拶を返さなかった。

十一月十一日。

人形を持って帰ると、ダイアナは大喜びだった！　あの愚にもつかない神経症めいた感情に従わなくて、本当によかった。ダイアナがなにかをもらって、あそこまでうれしそうなのは初めて。もうすっかり夢中だ！　今日の午後は、マダム・マンディリップがわたしの人形を仕上げるために、もう一度モデルになった。彼女は天才だ。正真正銘の天才！　どうして小さな店の経営で満足しているのか、ますます不思議でならない。マダム・マンディリップなら、偉大な芸術家の仲間入りができるのに。人形はまさにわたしにそっくりだ。人形の頭につけるために髪を少し切らせてほしいと頼まれ、もちろん、わたしは切らせてあげた。マダム・マンディリップの話では、この人形は、彼女が実際につくろうとしているわたしの人形ではないとのこと。本物はもっと大きいらしい。これはそのための原型だとか。わたしは、この人形も完璧の出来だと思うと言ったが、彼女は、本物はもっと丈夫な材料でつくるのだと答えた。本物を完成させたら、この原型はもらえるかもしれない。わたしは、ダイアナに赤ちゃん人形を持って帰りたくてうずうずしていたので、長居はしなかった。店を出がけに、ラシュナにほほえんで、声をかけると、彼女はうなずき返したが、かなり無愛想だった。ひょっとして、嫉妬されているのかもしれない。

十一月十三日。

十日の朝にピーターズさんの恐ろしい一件があってから初めて、そのことを書く気になった。ダイアナの人形について書き終わったときに、病院から電話があって、その夜の勤務についてほしいと言われた。もちろん、引き受けると答えた。ああ、でも、断っていればよかった。あの恐ろしい死に様は、生涯忘れないだろう。絶対に！　あのことについては書きたくないし、考えたくもない。朝、家に戻っても眠れなくて、彼の顔を記憶から消そうとしながら、何度も寝返りを打った。どんな患者さんであっても影響を受けないくらいに、わたしは鍛錬してあると自負していた。でも、あれにはなにか普通ではないことが——

忘れさせてくれる人がいるとしたら、それはマダム・マンディリップだ。そう思って、二時頃、彼女に会いに行った。マダムはラシュナと店にいて、わたしがそんな早い時間に現れたことに驚いているようだった。そして、いつもほど喜んでくれていなかったけれど、わたしの神経が高ぶっていたせいで、そう感じただけかもしれない。美しい部屋に通されるとすぐに、わたしは気分がよくなりはじめた。マダムはテーブルの上にある針金でなにかしていたようだけど、わたしは大きな座り心地のいい椅子を勧められたので、なにをしていたのかは見えなかった。彼女は言っていた。「疲れているようね。わたくしが作業を終えるまで、そこに座って休んでいてちょうだい。この古い絵本を貸してあげましょう、飽きないと思うわ」

マダム・マンディリップは一風変わった古そうな細長い本を渡してくれた。とても時代があるものにちがいない。羊皮紙かなにかが用いられているし、描かれている絵や色使いも、昔、修道士がよく描いていたたぐいの、中世から伝わる書物にあるようなものだったから。どれも森や庭が描かれたもので、花や木がすごく変わっている。人の姿などは見当たらないのに、もう少し目がよければ、花や木のうしろに人の姿などが見えるかもしれないという不思議な感じがする。言い換えれば、彼らは花や木のうしろに隠れるか、それらの間に紛れるかして、こちらの様子をうかがっているという印象を受けるのだ。

どのくらいの間、隠れた人たちをなんとか見つけ出そうと絵に目を凝らしていたのかわからないけれど、ついにマダム・マンディリップに呼ばれた。本を片手に持ったまま、テーブルのそばへ行った。マダムが言った。「あなたの人形のためにつくっているものよ。手にとって見てちょうだい、なかなかの出来でしょう」そして、テーブルの上の針金でつくったものを指さした。空いている方の手を伸ばして取り上げてすぐ、それが人の骨格だと気づいた。小さくて、子供の骸骨みたいだと思った瞬間、ピーターズさんの顔が目に浮かび、わたしは完全にパニック状態に陥って悲鳴をあげ、両手を宙に投げ出した。

本が手からすっ飛んで、小さな針金の骸骨の上に落ちた。鋭く弦を弾くような音がして、骸骨が飛び上がったように思えた。すぐに自分を取り戻して、目をやると、針金細工の端が緩んでいて、本の表紙を傷つけ、本に突き刺さっていた。しばらくの間、マダムは激怒していた。わたしの腕をつかんで、痛いほどねじりあげる。目が怒りで燃え上がり、ひどく奇妙な声で言った。「どうしてこんなことをしたの？　答えなさい。いったいなぜなの？」わたしは震え上がった。

今なら、怒ったのも無理はないと思えるけれど、あのときのマダムは本当に恐ろしかった。わたしがわざとやったのだと考えたにちがいない。けれど、怯えきっているわたしを見て、目つきも声音もやわらいで、彼女は言った。「なにか悩んでいることがあるのね。話してちょうだい。きっと力になれるわ」マダムはわたしを寝椅子に横たわらせて、そばに腰掛け、髪や額を撫で、わたしは外部の人に患者さんの話は決してしないのに、気がつくと、ピーターズさんのことをすっかりしゃべっていた。誰がピーターズさんを病院へ運んできたのかと訊かれ、その人のことをローウェル先生が〝リコリ〟と呼んでいたことや、悪名高いギャングらしいということも話してしまった。マダムの手は、気持ちを穏やかにしてくれて、心地よく、眠気を誘う。わたしはローウェル先生のお人柄や、名医でいらっしゃること、心密かにB先生が好きでたまらないことも打ち明けていた。

患者さんについて話してしまったことを後悔している。あんなことをしたのは初めてだ。でも、すっかり気が動転していたし、いったん口にしはじめると、なにもかも話さなければならないような気になってしまったのだ。頭にあった考えがどれもゆがんだものだったせいか、一度、顔を上げてマダムに目をやったときは、彼女がほくそ笑んでいると思ったほどだった。自分がいかに器の小さな人間かという証拠だろう。話し終わると、マダムは、好きな時間に起こしてあげるから、身体を楽にして眠りなさいと言ってくれた。それで、四時には行かなければならないと告げた。わたしはすぐに寝入ってしまい、目が覚めたときには、気持ちが落ち着き、気分もよかった。テーブルに置かれたままの小さな骸骨と本のところへ行くと、わたしは本のことを心から謝った。マダムは、「あなたの手ではなく、本でよかったわ。針金は、あなたが手にしていたときから折れかけていたのかもしれないし、それなら、あなたがひどい傷を負っていたでしょうから」と言ってくれた。そのあと、わたしの看護師の制服を持ってきてもらえないかと訊いてきた。新しい人形に着せるために、それの小さいのをつくりたいということだった。

十一月十四日。

マダム・マンディリップのところになど、行かなければよかった。行っていなければ、足に火傷もしなかった。でもそれが、わたしが後悔している本当の理由じゃない。本当の理由は、どうにも表現できないものだ。とにかく、行かなければよかった。

今日の午後、看護師の制服を持ってマダムのもとへ行った。あの人はとても手早く、それの小さいのをこしらえた。上機嫌で、心にいつまでも残っていそうな短い歌をいくつか歌ってくれた。歌詞は理解できなかったけれど。どこの国の言葉なのか尋ねると、マダムは笑って、答えた。「あの本の絵の中からあなたをのぞき見ていた人たちの言葉よ」おかしなことを言うものだ。わたしが絵の中に隠れた人たちがいると考えていたことがどうしてわかったのかしら。

本当に、あの店へ行ったりしなければよかった。

マダムはお茶を淹れて、カップに注いだ。そして、わたしに一つ手渡そうとしたとき、肘があたってティーポットがひっくり返り、煮え立っているようなお茶が、その真下にあったわたしの右足にかかった。筆舌に尽くしがたいほどの痛みだった。マダムはわたしの靴とストッキングを脱がせ、火傷したところになにかの軟膏を塗ってくれた。その軟膏を塗っておけば、痛みが引いて、傷もたちどころに治るのだとか。確かに、痛みが引いたし、家に帰って火傷の具合を見たときには、思わず目を疑った。ジョブは、そこに熱湯がかかったことを信じなかった。マダムは、わたしに火傷させたことを、ひどく気に病んでいた。少なくとも、そう思えた。

それにしても、どうしてマダムは、いつものようにドアのところまで送ってくれなかったのだろう。そう、送ってくれなかった。部屋の中に留まっていた。わたしが店に出ていくと、あの白い顔の店員、ラシュナがドアのそばにいた。わたしの足に巻かれた包帯をじっと見つめるので、火傷をしたのだけど、マダムが手当てしてくれたのだと説明した。ラシュナは同情の言葉さえ、口にしなかった。わたしは店を出ていきながら、彼女を見据え、少し怒りを込めて、「さようなら」と言った。ラシュナの目が涙でいっぱいになり、彼女はこれまでいちばん奇妙な感じでかぶりを振って、「さようなら《オー・ルヴォアール》」と言葉を返した。店のドアを閉めて振り返ると、涙がラシュナの頬を伝い落ちていた。わたしは首をかしげた——いったいどうして？

（ああ、マダム・マンディリップのところに行ったりしなければよかったのに！！！）

十一月十五日。

足の火傷はすっかり治った。マダム・マンディリップのもとへ戻りたいという気持ちにはまったくならない。もう二度と行くことはないだろう。ダイアナのためにくれた人形を壊してしまえたらと思う。でも、そんなことをしたら、ダイアナは嘆き悲しむにちがいない。

十一月二十日。

マダム・マンディリップに会いたいという気持ちはわいてこない。どうやらマダムのことは、すべて忘れていっているようだ。彼女のことを考えるのは、ダイアナの人形を目にしたときだけだ。よかった！　うれしくて、歌ったり、踊ったりしたいくらい。二度と彼女に会いに行ったりはしない。

でも、ああ、そもそも彼女に会ったりなどしなければよかったのに！　今でも、どうしてそう思うのかはわからないけれど。

ウォルターズ看護師の日記で、マダム・マンディリップに関する記述は、これが最後だ。十一月二十五日の朝、ウォルターズは死亡した。

第九章　ピーターズの人形の最期

すぐそばで、ブレイルがじっと私の様子をうかがっていた。彼の物問いたげな目と視線が合った私は、日記を読んで動揺した胸の内をなんとか悟られまいとした。そこで、こう言った。

「ウォルターズがこれほど想像力豊かな女性とは思っていなかったよ」

ブレイルは顔を紅潮させて、怒ったように訊いた。「先生は、彼女が創作したと思ってらっしゃるんですか?」

「創作とまでは言わないよ。平凡な一連の出来事を、旺盛な想像力という魔法を通して見たと言ったほうがいいだろう」

信じられないという口ぶりで、ブレイルが言った。「先生はお気づきになっていないんですか?ハリエットが書いていることは、たとえ本人は無意識だったとしても、驚くべき催眠術の描写じゃありませんか」

「その可能性は思いつかなかったな」私は辛辣に答えた。「だが、それを裏付ける確かな証拠は見つかっていない。しかしながら、ウォルターズは、わたしが思っていたほど、精神のバランスがとれてはいなかったようだな。驚くほど情緒的だったという証拠なら、いくらでも見つかりそうだ。このマダム・マンディリップを訪ねているうちの一回だけを取り上げても、ウォルターズは明らかに疲労困憊で、きわめて精神が不安定な状態にある。きみも覚えているだろうが、ピーターズの件は他言は無用だとわたしが釘を刺しておいたにもかかわらず、軽率にもしゃべっていることを言っているんだ」

「ええ、よく覚えています。だからこそ、日記のこのくだりを読んだときに、催眠術だと考えて疑わなかったんです。いえ、それはともかく、お話を進めてください」

「どんな行動でも、その理由となる可能性が二つ考えられる場合は、より合理的なほうをとるのが望ましい」私は淡々と言った。「現にあった事実を考えてみるんだ、ブレイル。ウォルターズは店員の奇妙なふるまいと警告を強調している。店員が神経症だとも認めている。確かに、日記に書かれた店員のふるまいは、神経症によく見られる特徴だ。ウォルターズは人形に惹かれて、誰でもするように、値段を訊きに店へ入った。誰に強制されたわけでもない、自発的な行動だ。そこで出会った女性の肉体的な特徴が、彼女の想像力をかきたて――感情に強く訴えたのだ。

ウォルターズはその女性――マダム・マンディリップを信用した。マダム・マンディリップも、どうやら情緒的なタイプで、ウォルターズを気に入り、人形をプレゼントする。マダム・マンディリップは芸術家だ。彼女の目には、ウォルターズがぴったりのモデルとして映る。そこで、ポーズをとってくれないかと尋ね――これも強制ではなく、ごく普通の頼みだ――ウォルターズは彼女のためにポーズをとってやった。

芸術家はみなそうだろうが、マダム・マンディリップにも独自の技法があって、その一つが、人形の骨組みに骸骨をつくることだった。いたって自然で、筋の通った手順だ。ウォルターズは骸骨を目にして死を連想し、死から、彼女の心に強烈な印象を与えていたピーターズの死に様を連想したのだろう。しばらくの間パニックに陥った――これも過労状態にあったという証拠だ。

マダム・マンディリップとお茶を飲もうとしていたとき、たまたま火傷をしてしまった。相手が気遣いを見せるのは無理からぬことで、マダム・マンディリップは効き目があると信じている軟膏を火傷に塗って包帯をしてやる。それだけのことだよ。こうしたごく平凡な出来事のどこに、ウォルターズが催眠術をかけられたという証拠があるのかね？　だいいち、仮に、彼女が催眠術にかけられていたとして、その動機を裏付けるものはなにかあるのか？」

「ウォルターズはちゃんと書いています、〝あなたを人形にしてみたいわ〟と」

私は自分の意見にほぼ納得していたため、この指摘にむっとした。

「どうやら、きみは、こういうことをわたしに信じさせたいのか。店の中へ誘い込まれたウォルターズが、マダム・マンディリップの悪魔めいた目的が達成されるまで、呪術によって否応なく店に通わされたと。情け深い店員が、古いメロドラマで〝死よりもむごい運命〟と呼ぶものから、ウォルターズを救おうとしたと――もっとも、その〝運命〟は本来の意味でもないが。そして、姪にあげるためにウォルターズがもらった人形は、魔女の釣り餌だった。彼女の火傷も、魔女の軟膏を塗るために必要なことだった。不可解な死をもたらしたのは、その軟膏だ。最初に仕掛けた罠が失敗に終わったため、ティーポットによる事故が考え出され、それが成功した。今やウォルターズの魂は、彼女が夢で見たように、魔女の鏡の中でもがいている、と。いいかね、ブレイル、こんなことは、すべて、荒唐無稽な迷信だ！」

「なるほど」ブレイルは遠回しに言った。「ようやくそういった可能性に思い至ったわけですか。さっきまでは、先生の頭は化石並みに固いと思っていましたが、それほどでもなくなりましたね」

私はいっそう頭にきた。

「きみの説では、ウォルターズが店に足を踏み入れた瞬間から、彼女が日記に書いた出来事はすべて、このマダム・マンディリップが彼女の魂を自分のものとするために仕組んだものであり、たくらみはウォルターズの死で完結したと言うんだな？」

ブレイルはためらいを見せたあと、口を開いた。「本質的には――そうです」

「魂ときたか！」私は皮肉を込めて、ぼそりと言った。「だが、わたしは魂というものを見たことがない。信頼のおける人物で、魂を見たという者も一人もいない。魂とはなんだ――実在するとしてだが？　重さはあるのか？　物質なのか？　きみの説が正しいなら、きっとあるにちがいないな。重さも形もないものを、人はどうやって手に入れられるというのか。見ることもできなければ、重みも感じられず、触れることも、測ることも、聞くこともできないものを、誰かが手に入れたと、どうしてわかるんだ？　物質でないなら、どうして強制されたり、命令されたり、閉じ込められたりする？　きみの説に従えば、マダム・マンディリップはウォルターズの魂にそういったことをしたことになるが。物質だとするなら、それは身体のどこにあるんだ？　脳の中か？

これまで数え切れないほど手術をしてきたが、そんな謎めいた占有者がいる秘密の部屋を開けたことは一度たりともないぞ。今までに考案されたどんな機械よりも複雑な働きをして、その持ち主の精神状態や気分、判断力、感情、性格を変化させる小さな細胞ならある——その小さな細胞がうまく機能するかどうかで変わってくるのだ。そういったことを、わたしは発見してきた——だが、魂を見つけたことはない。身体の作用については、外科医が調べ尽くしている。その彼らも、体内に秘密の神殿を発見してはいない。魂とやらを見せてくれ、ブレイル、そうすれば、わたしもマダム・マンディリップのことを信じるぞ」

しばらくの間、ブレイルは黙ったまま私をまじまじと見ていたが、やがてうなずいた。「今わかりましたよ。先生にとっても大きな衝撃だったんですね。ご自身も、少しばかり鏡を叩いていらっしゃるようです。ぼくも、これまで現実として学んできたことを脇へ押しやって、それ以外のものも存在するかもしれないということを認めるまでに、ずいぶん葛藤しました。先生、今回の件は、医学の範疇を超え、われわれの知っている科学の圏外にあるものなんです。それを認めないかぎり、前には進めません。まだあと二つ、ぼくは取り上げておきたいことがあります。ホーテンスとピーターズは同じような死に方をしています。リコリは、二人がマダム・マンディリップとかかわりを持っていたことを突き止めています——まあ、われわれはそう推測しています。リコリはマダム・マンディリップを訪ね、からくも一命を取り留めました。ハリエットはマダム・マンディリップを訪ね、ホーテンスとピーターズと同じようにこの世を去りました。こうしたことを考え合わせると、四人を襲った不運をもたらした者がいるとすれば、それはマダム・マンディリップだというのは、理にかなったことではないでしょうか」

「確かにな」

「そうであるなら、ハリエットの恐怖や胸騒ぎにも、ちゃんとした理由があったということになるはずです。情緒的だとか、想像力が旺盛だとかという以外の理由が存在したんですよ——ハリエットはそうした状況を意識していなかったとしても」

ここに至って初めて、私は先ほど自分が口にしたことと矛盾してしまうことに気づいたが、ブレイルの言い分には同意せざるをえなかった。

「二つ目は、ティーポットの件のあと、ハリエットには、マダム・マンディリップに会いに行きたいという気持ちがなくなっていることです。奇妙だとは思いませんか？」

「いいや。ウォルターズが精神的に不安定だったとするなら、ショックを受けたことで、無意識のうちに、タブーとして、心に障壁を築いたのだろう。マゾヒストでないかぎり、そういうタイプの人間は、いやな経験をした場所には戻りたがらないものだ」

「火傷をしたあと、マダム・マンディリップが店に通じるドアまで彼女を送っていかなかったと書かれていたことに気づかれましたか？　しかも、マダム・マンディリップがそうしなかったのは初めてだったんです」

「とくには気づかなかったな。どうしてだね？」

「こういうことではないでしょうか。軟膏を塗ることが詰めの作業で、それで確実に死ぬとなれば、毒が身体にまわるまでの間、犠牲者に店へ出入りされるのは、マダム・マンディリップにとって厄介以外のなにものでもないんです。店で発作が起きて、危険な追及につながるかもしれませんから。というわけで、賢明なのは、なんの疑いも抱いていない犠牲者に、自分への興味をすっかりなくさせてしまうことです。そう、自分に反発を覚えさせるか、忘れさせるかするんです。こういったことは、後催眠暗示をかけておけばすむことです。そして、マダム・マンディリップには、暗示をかける機会はいくらでもありました。これは、ハリエットがマダム・マンディリップに嫌悪を抱くようになったのは、想像によるもの――あるいは情緒的なものだとするほど、理にかなった説明になっていないでしょうか？」

「なっているね」私は認めた。

「だとすれば、マダム・マンディリップがその日に限ってハリエットをドアまで送っていかなかったことの説明にもなるんです。マダム・マンディリップのたくらみは成功しました。なにもかも終わったんです。暗示もかけてあります。それ以上、ハリエットとつながりを持つ必要はありません。それで、送らずに、一人で帰らせたんです。最後だということを象徴的に表していたんですよ！」

ブレイルはじっと考え込んだ。

「もうハリエットに会う必要はなかったんです」ささやくような声で言った。「生きている間は！」

ぎょっとして、私は問いただした。「どういう意味だね？」

「いえ、なんでもありません」

ブレイルは、床の焦げ目がついているところへ行くと、熱で黒ずんだ結晶を拾い上げた。オリーブの種の二倍くらいの大きさで、明らかになんらかの合成物だ。テーブルのそばへ歩を進めた彼は、針金のあばら骨が突き出ているグロテスクな物体を見つめた。

「熱で溶けたようですね」ブレイルは手を伸ばして、骸骨を持ち上げようとした。しっかりくっついていて離れないので、ぐいと引っ張る。弦を弾くような鋭い音がして、驚いたブレイルはののしりの言葉とともに骸骨を取り落とした。骸骨は床に落ちた。一本の針金を複雑に曲げてつくられていたそれがほどけはじめた。

ほどけながら、毒蛇のように床をするすると這い、震えながら、その場で止まった。

私もブレイルも床からテーブルに視線を移した。

手足を広げて押しつぶされた首なし死体に似たかたちで広がっていた物質は消えていた。そこには、細かな灰色の埃がうっすらとあって、風に吹かれてでもいるようにしばらく渦を巻いて
――やがて、それも消え去った。

第十章　看護師帽と魔女のはしご

「マダム・マンディリップは、証拠を残さない方法を心得ているんですよ！」

ブレイルは笑い声をあげた——だが、その笑いに、楽しさはかけらも含まれていなかった。

私はなにも言わなかった。それは人形の頭が消えたときに、マッキャンに対して抱いたのと同じ考えだった。しかし、これに関しては、マッキャンを疑えるはずもない。さらなる議論を避けようと、われわれはリコリの様子を見に別館へ足を向けた。

リコリのドアのそばには、新顔の二人が見張りについていた。二人とも礼儀正しく立ち上がって、愛想よく話しかけてきた。私たちは病室に入った。リコリは、薬の効果がすでに切れて、自然な眠りに入っている。穏やかな呼吸で、安らかに、ぐっすりと、回復に向かって眠っていた。

病室は建物の奥にあって静かで、四方を囲まれたこぢんまりとした中庭が見下ろせる。表側も裏側も別館も、ニューヨークがもっと平穏だった時代からある古色蒼然とした建物だ。私の家も丈夫なアメリカヅタの蔓が上へと伸びている。担当の看護師に、私はできるだけ静けさを守るよう指示し、看護師用のテーブルにあるランプを調節して、リコリに最小限の弱々しい光だけがあたるようにした。病室を出た私は、似たような注意を見張りの二人にもして、彼らのボスの回復の早さは、静けさにかかっているかもしれないと釘を刺しておいた。

時間はすでに午後六時をまわっていた。ブレイルに、夕食を一緒に食べていくよう誘い、そのあと病院へ私の患者の様子を見に行って、必要があると判断したら連絡してほしいと頼んだ。私は家に留まって、リコリが目を覚ました場合に備えていたかった。

私とブレイルが夕食を終えようとしていた頃、電話が鳴った。ブレイルが受話器をとった。

「マッキャンからです」

私は電話機のところへ行った。

「マッキャンか。ローウェルだ」

「ボスの様子はどうです?」

「順調に回復に向かっているよ。もういつ目を覚まして、しゃべれるようになってもおかしくない」私は答えて、マッキャンがこの報告を残念に感じている気配はないかと、耳を澄ませた。

「そいつはすごい!」彼の声には深い満足感しか聞き取れない。「ところで、先生、モリーに会って、いくらか情報を仕入れてきました。先生と別れて、すぐに行ったんです。ジョン――モリーの亭主です――が家にいて、おかげで助かりましたよ。モリーにちょいとドライブでもどうかと思って、寄ったんだと言ったんです。モリーは喜んで、それでおれたちは出かけたんです、ジョンに留守番と子守を――」

「彼女はピーターズが死んだことを知っていたかい?」私は口を挟んだ。

「いいえ。だから、おれもしゃべってません。聞いてください、先生。ホーティのことは話したでしょう——話してない？　ホーテンス・ダーンリーのことです、ジェームズ・マーティンの女ですよ。そうです。先生、おれにしゃべらせてくれませんか？

ホーティはモリーの子供に夢中でした。先月の初めに、ホーティが子供にといって、きれいな人形を持ってきたんです。ホーティは、手に包帯を巻いていて、人形を手に入れた場所で怪我したんだと言ってたそうです。人形を手に入れた女から受けたとモリーに——なんですか？　違います、もらったのは人形です、手じゃありません。

ねえ、先生、おれの話ははっきりしませんか？　そうです、ホーティは人形を手に入れた場所で手に怪我したんです。そう言ってるじゃありませんか。相手の女が手当てしてくれたんだそうです。女は金を受け取らずに人形をくれたとか。ホーティの話では、女がホーティのことをめったにいない美人だと思って、モデルになってほしかったかららしいんです。ええ、ポーズをとらせて、ホーティの彫像かなにかつくりたかったんでしょうよ。これがホーティの心を鷲づかみにしたみたいです。なにしろ、ホーティは自分のことがきらいじゃありませんでしたし、この人形をこさえる女をララパルーザだと思ったようです。ええ、ララパルーザです、〝すごい人〟って意味ですよ！　そうです。

一週間ほどあとのこと、トムが——ピーターズのことです——ホーティも来ているときに顔を出して、人形を見たんです。モリーの子供と一緒にいるホーティにちょっぴり妬いて、トムはどこで人形を手に入れたのか問いただしたんです。ホーティがマダム・マンディリップのことや店がどこにあるかを話すと、トムは、これは女の子の人形だ、仲間が必要だろう、よし、自分が男の子の人形を持ってきてやろうと言ったそうなんです。

さらに一週間ほどして、トムはホーティの人形とぴったりペアになる男の子の人形を持ってやってきました。モリーがホーティと同じくらい代金を払ったのかと訊いたんです。モリーたちは、ホーティがモデルを引き受けただけで、金は支払ってないことを黙ってましたから。モリーが言うには、トムはどこか恥ずかしそうにしながらも、まあ、これで破産するようなことはない、と答えたそうです。モリーは、人形をこさえる女がトムのことをすごくかわいいと思って、モデルを頼んできたんじゃないのかと言ってからかおうとしたらしいんですが、子供が男の子の人形に大はしゃぎして、そのことを忘れちまったそうです。

トムが次に姿を見せたのは今月の初めでした。手に包帯を巻いてたんで、モリーは冗談で、人形を手に入れた場所で怪我したんじゃないのかと訊いたらしいんです。トムは驚いた顔をして、そうだと答え、いったいどうして知ってるんだと問い返してきました。ええ、そうです、モリーの話では、トムはそう言ったんです。え、なんですか？　マンディリップが手当てをしてやったか、ですか？　いったいどうして——おれにはわかりませんよ。そうじゃないですかね、たぶん。モリーは話さなかったし、おれも訊いてません。

いいですか、先生、前にも言いましたが、モリーはばかじゃないんです。先生にお伝えしている内容を聞き出すのに二時間もかかったんですよ。あんなことや、こんなことをしゃべりながら、こっちが知りたい話にさりげなく戻したりして。質問攻めにしてはまずいですからね。はい？　いいえ、それはかまわないんです、先生。気を悪くしたりしてません。ええ、おれでもそれはかなり怪しいと思います。ですが、言ってるように、あまり突っ込んで訊くわけにはいかないんです。モリーは勘がいいですから。

まあ、昨日、モリーを訪ねたボスも、おれと同じ手を使ったんだと思います。いずれにしても、人形をほめて、モリーにどこで手に入れたのか、金額はいくらぐらいだったのかなどを訊いたそうです。先生、覚えてらっしゃらないんですか、ボスがモリーに会いに行ってる間、おれは車の中で待ってたんですぜ。そのあと、ボスは家に戻って、あちこち電話をかけてから、マンディリップの店に車を向かわせたんです。ええ、これで全部です。役に立ちますか？　ほんとですか？　それならよかった」

それきりマッキャンの声がしなくなった。だが、受話器を置く音も聞こえない。私は声をかけてみた。

「そこにいるのかね、マッキャン？」

「ええ。ちょっと考えてたんです」マッキャンの声には残念そうな響きがあった。「ボスが目を覚ましたときは、ぜひおれもその場にいたいんです。ですが、マンディリップと姪っ子を見張ってる連中の様子を確かめに行ってくるのが先決でしょう。あまり遅い時間にならなければ、電話させてもらいますよ。では、また」

ばらばらの考えをまとめようとしながら、私はゆっくりと歩いてテーブルへ戻った。マッキャンが電話で報告してくれた内容をそっくりブレイルに伝える。彼は一言も口を挟まなかった。話し終わると、ブレイルが静かに言った。

「ホーテンス・ダーンリーはマンディリップのところへ行き、人形をもらって、モデルになってくれるよう頼まれ、そこで怪我をして、手当てを受けた。そして死亡した。ピーターズもマンディリップのところへ行き、人形を手に入れ、そこで怪我をして、おそらく手当ても受けた。そして、ホーテンスのように死亡した。先生は、明らかにピーターズがモデルの人形を見ています。ハリエットも同じ経験をしています。そして、ホーテンスやピーターズのように死亡した。この先はどうなるんでしょうか?」

急に自分がひどく年をとって疲れている気がした。長年にわたって、原因と結果が事実として広く受け入れられ、きわめて秩序立っていると信じていた世界が崩れていくさまを目の当たりにするのは、心が浮き立つものではない。私は物憂げに答えた。「わたしにはわからんよ」

ブレイルは立ち上がって、私の肩を軽く叩いた。

「少し休んでください。リコリが目覚めたら、看護師が起こしてくれますよ。今回の件は、真相にたどり着くまで、とことん掘り下げましょう」

「掘った穴にわたしたちが落ちるとしてもな」私は弱々しい笑みを浮かべた。

「掘った穴にわれわれが落ちなければならないとしても」ブレイルはにこりともしなかった。

ブレイルが出ていったあと、私は長い間、じっと座って考えを巡らせていた。やがて、考えるのをやめることにして、本を広げた。どうにも集中できなくて、すぐに読むのをあきらめた。リコリが寝ている部屋のように、私の書斎も建物の奥にあって、小さな庭が見下ろせる。私は窓辺へ歩いていって、見るともなく、外を眺めた。例の、それを開けなければ生命にかかわるほど重要だというのに、鍵穴さえないドアの前に立っているという感覚が、これまで以上に鮮明に感じられる。室内に向きを変えると、驚いたことに、もう十時が近かった。明かりを絞って、座り心地のよいソファに身体を横たえた。たちまちのうちに、眠りに落ちた。

誰かが耳元でささやいていたような気がして、はっと目を覚ました。身体を起こして、耳を澄ませる。あたりは静寂に包まれていた。その静けさが不自然なことに、ふと気づいた。なじみのない、重苦しい静けさ。深い、死んだような静けさが室内を満たして、外界の音をいっさい遮断している。私は弾かれたように立ち上がって、部屋じゅうの明かりをつけてまわった。なにか実体のあるものが部屋から流れ出ていく感じで、静寂が引いていく。ただし、ゆっくりと。

時計の秒針が時を刻む音が聞こえはじめた——時計にかぶせられていた防音のカバーが取り外されたように、だしぬけに。私は苛立たしげに頭を振って、窓辺へ歩いていった。開けた窓から身を乗り出して、夜の冷たい空気を吸い込んだ。リコリの部屋の窓がよく見えるよう、蔦の蔓に手をかけて、さらに身を乗り出す。誰かが蔦を優しく揺らしているような——なにか小動物がのぼってきているような——振動が蔓から伝わってきて——

真っ暗だったリコリの病室の窓にぱっと明かりがともった。背後で、別館の警報ベルがけたたましく鳴りだす。緊急事態が発生したということだ。私は書斎を飛び出し、階段を駆け上がって、別館へ走った。

廊下に駆け込むと、ドアのそばに見張りの姿がなかった。ドアが開いている。私は目の前の信じられないような光景に、戸口で立ち尽くした——

見張りの一人は、オートマチックを片手に窓のそばでうずくまっている。もう一人の男は、床に横たわった人物のそばで膝をついて、私に銃口を向けていた。看護師のバトラーは持ち場のテーブル席についていたが、頭が胸元へがっくりと垂れている――意識がないか、眠り込んでいるようだ。ベッドは空っぽだ。床に横たわっている人物はリコリだった！

私に銃口を向けていた男が拳銃を下ろした。私はリコリのそばにかがみこんだ。彼はベッドから少し離れた場所で、身体を伸ばして、うつぶせの状態だった。私はリコリの身体を仰向けにした。顔は死人のように青ざめているが、心臓は動いていた。

「手を貸してくれ、リコリをベッドに戻すぞ」私は男に言った。「それから、そこのドアを閉めてくれ」

黙ったまま、男は指示に従った。窓のそばにいる見張りが、視線を外に向けたまま、口元をゆがめるようにして訊いた。

「ボスは死んだんですか？」

「死んではいない」私は答えて、めったにしないことだが、毒づいた――「きみらは、それでもプロなのか？」

ドアを閉めた男が、おもしろくもなさそうに小さな笑いを漏らした。

「ほかにも、そう言わなきゃいけない人物がいるんじゃないですかい、先生？」

私はバトラー看護師にちらりと視線を向けた。彼女は、意識不明か熟睡している様子で、ぐったりと椅子に座ったままだ。私はリコリのパジャマを脱がせて、身体を調べていった。なんの傷もついていない。アドレナリンをとって、リコリに注射してから、看護師のそばへ行って、身体を揺すってみた。

バトラー看護師は目を覚まさなかった。まぶたを持ち上げてみる。瞳孔が収縮していた。光をあててみたが、反応は見られなかった。脈拍と呼吸はゆっくりとしていたが、危険なほどではなかった。しばらくそのままにしておくことにして、私は見張りの二人の方に顔を向けた。

「なにがあったんだね？」

二人はぎこちない様子で顔を見合わせた。窓のそばにいる男が、おまえから説明しろといように、相棒に手を振ってみせる。相棒の男が話しはじめた。

「あっしらは部屋の外で座ってました。そしたら、いきなり、建物の中でまったく音がしなくなったんでさ。そこにいるジャックに、『建物にサイレンサーをかぶせちまった感じだな』って言ったんです。ジャックは『そうだな』って返事して、あっしらはじっと耳を澄ませました。すると、急に、この部屋の中から、どさっと音がしたんです。誰かがベッドから落っこちたみたいな。慌てて、ドアを開けてみました。先生もごらんになったとおり、ボスが床で伸びてたんです。看護師も、あのとおりで、眠ってました。警報ベルを見つけて、鳴らしたんです。そのあと、誰かが来てくれるのを待ちました。それで全部です、だろ、ジャック？」

「ああ」ジャックと呼ばれた見張りは抑揚のない口調で答えた。「そうだな、それで全部だろうな」

私は訝しんで彼を見た。

「それで全部だろうな？　どういう意味だね、〝だろう〟とは？」

二人はまた顔を見合わせた。

「言っちまったほうがいいぜ、ビル」ジャックが促す。

「よせよ、先生は信じてくれっこねえ」ビルと呼ばれた見張りが答えた。

「誰だって信じてくれねえさ。とにかく、話せよ」

ビルが口を開いた。

「ドアを勢いよく開けたとき、二匹の猫みたいなのが窓のそばで喧嘩してたんです。ボスは床に倒れてました。あっしらは銃を抜いたんですが、先生に言われたこともあって、撃つのをためらいました。そんとき、誰かがフルートでも吹いてるみたいな、おかしな音が外から聞こえてきたんです。二匹の猫みたいなのは、互いにさっと離れて、窓枠に飛び乗ると、外へ出ちまいました。あっしらは窓に駆け寄りました。けど、なんも見えませんでした」

「窓のところにいたものを、きみらは見たんだな？　実際は、なにに似ていた？」私は尋ねた。

「おまえが言えよ、ジャック」

「人形です！」

寒気が背中に走った。私はその答えを予期し——恐れていた。窓から出ていった！　私は蔦の蔓をつかんだときに伝わってきた振動のことを思い出していた。じっと私の表情をうかがっていたビルが、仰天したような顔になった。

「おいおい、ジャック！」ビルがあえぐように言った。「先生が信じてくれたぞ！」

やっとの思いで、私は言葉を絞り出した。「どんな人形だった？」

ジャックが、さっきより自信のこもった口調で答えた。

「一つはよく見えませんでした。もう一つのほうは、先生んとこの看護師に似てました。彼女を六十センチばかりに縮めた感じです！」

うちの看護師……ウォルターズ……全身から力が抜けていくのを感じて、私はリコリのベッドの端に腰を下ろした。

ベッドの頭のほうの床になにか白いものが落ちていた。呆然と見つめていたが、やがて身をかがめて、拾い上げた。

私の診療所の看護師がかぶっているものをそっくりそのまま小さくした看護師帽だった。ちょうど六十センチくらいの人形の頭にのせるのにぴったりの大きさだ……

看護師帽と同じ場所に、ほかにもなにか落ちていた。私はそれも拾い上げた。結び目のある紐だった。淡い灰白色の人毛で、不規則な間隔で九つの奇妙な結び目がある……

ビルが不安そうな表情で私を見つめていた。ビルが尋ねた。

「先生のスタッフを呼んできましょうか？」

「マッキャンに連絡をつけてもらえないか」私はビルに頼み、それから、ジャックに向かって言った。「窓を閉めて、掛け金をかけ、カーテンを引いてくれ。ドアも鍵をかけてくれ」

ビルは電話をかけはじめた。私は看護師帽と結び目のある紐をポケットに突っ込みながら、バトラー看護師のそばへ歩いていった。彼女はみるみる回復してきていて、一、二分のうちに目を覚ました。怪訝そうな目が、まず私を見た。明るい部屋の中や二人の男たちに視線を移していくうちに、それが警戒に満ちたものに変わる。彼女はさっと立ち上がった。

「先生がいらしたことに気がつきませんでした！　わたし、眠ってしまったんでしょうか……いったいなにが……？」バトラー看護師は手を自分の喉元にあてた。

「きみが話してくれるといいんだが」私は優しく言った。

訳がわからないといった様子で、バトラー看護師は私を見つめた。混乱した口ぶりで話しはじめた。「なにがあったのかわかりません……ひどく静かになって……わたし……窓のところで、なにか動くものを見たように思います……そのあと、不思議なにおいがして、視線を上げたら、先生がわたしをのぞきこんでいらっしゃったんです」

私は訊いた。「窓のところで見たものを思い出せないかね？　ほんの少しでもいいんだ――どんな感じだったとか。どうか頼むよ」

バトラー看護師はぽつりぽつりとしゃべりだした。「なにか白いものでした……誰か……なにかが……わたしを見つめているような感じがして……そのあと、花のようなにおいがしたんです……思い出せるのはこれだけです」

ビルが受話器を置いた。「大丈夫です、先生。もう何人かマッキャンを追いかけてます。このあとはどうします？」

「バトラー」私は看護師の方に振り向いた。「今夜の当番はわたしが引き受けよう。きみは休みなさい。眠ったほうがいい。処方を出しておくから――」私は彼女に指示を与えた。

「先生は怒ってらっしゃらないんですか――わたしがうっかりしていたとは――」

「いいや、怒ってもいないし、きみがうっかりしていたとも思っていないよ」私は微笑して、彼女の肩を軽く叩いた。「今回の件では、予想外の展開となっているんだ。それだけだよ。さあ、質問はもうなしだよ」

私はバトラー看護師をドアまで送っていき、ドアを開けた。

「わたしの指示どおりにするんだよ」

看護師を送り出すと、ドアを閉めて鍵をかけた。

私はリコリのそばに腰を下ろした。リコリの受けた衝撃は——それがなんであったにしろ——回復してしかるべきものなのか、死に至ってもおかしくないものなのか。私は暗澹と考えていた。リコリの身体に震えが走った。片方の腕がゆっくりと上がっていき、手が固く握りしめられる。唇が動いた。リコリが口にしているのはイタリア語だった。あまりに早口で、一言も聞き取れない。腕から力が抜けて、ぱたりと落ちた。私はベッドから立ち上がった。麻痺が消えている。リコリは身体を動かせたし、しゃべることもできた。だが、意識がはっきりしているときにも、同じようにできるだろうか。私はもう数時間、このまま様子を見ることにした。ほかにはどうしようもなかった。

「さて、わたしの言うことをよく聞いてほしい」私は二人のボディーガードに言った。「これから出す指示がどれほど奇妙に思えようと、すべて厳密に従ってもらわなければ困る。リコリの命がきみらの行動にかかっているんだ。きみらのどちらか一人は、このテーブル席の私のすぐそばに座ってほしい。もう一人は、リコリの枕元かベッドに座って、私とリコリの間にいるようにしてくれ。私が眠ってしまって、リコリが目を覚ましたなら、私を起こすこと。また、リコリの状態になんらかの変化が見られても、すぐに私を起こすこと。わかったかね？」

二人は答えた。「わかりました」

「よし、いいぞ。次は、最も肝心なことだ。二人でわたしを厳重に監視してもらう。わたしのそばで監視にあたるほうは、絶対にわたしから目を離してはいけない。わたしがきみらのボスのもとへ行くとすれば、それは三つの場合に限られる――心臓の動きと呼吸を耳で確かめるか――まぶたを持ち上げてみるか――体温を測る場合だ。ここで言っているのは、リコリの状態が今のままだとしての話だ。わたしが彼を起こそうとしたり、今言った三つ以外のことをしようとしたら――止めてほしい。わたしが抵抗したなら、動けなくしてくれ――縛り上げて、猿ぐつわを噛ませるんだ――いや、猿ぐつわはだめだ――わたしがしゃべることに耳を傾けて、その内容を覚えておいてほしい。そのあと、ブレイル医師に電話してくれ――これが彼の番号だ」

私はブレイルの電話番号を書いて、二人に渡した。

「必要以上にわたしを痛めつけないように」私はそう付け加えて、笑い声をあげた。

二人はすっかり当惑した様子で、目を見交わした。「先生がそうおっしゃるんなら――」ビルがおぼつかなげに言いはじめる。

「わたしがそう言うんだ。躊躇しないでくれ。きみらの判断が誤りだったとしても、責めたりしないから」

「先生にはどういうつもりなのかわかってらっしゃるんだ、ビル」ジャックが言う。

「なら、了解です」

看護師用のテーブルにあるランプだけを残して、私は部屋の明かりを消した。椅子に座って身体を伸ばし、ランプを調節して、自分の顔がはっきり見えるようにする。床から拾い上げた小さな白い看護師帽に、私は動揺していた――それもひどく！　その帽子をポケットから取り出して、引き出しにしまった。ジャックがリコリのそばについた。ビルは椅子を引っ張ってきて、私と向かい合わせに座った。私はポケットに片手を突っ込んで、結び目のある紐を握りしめ、目を閉じて、頭からあらゆる考えを振り払い、気持ちをリラックスさせた。良識ある世界についての自分の考え方をいったん手放して、マダム・マンディリップの考え方に影響を及ぼさせるあらゆる機会を与えてやろうと決めていた。

かすかに、一時を打つ時計の音がする。私は眠った。

どこかで激しい風がうなっている。その風が渦を巻きながら、吹き下ろしてきた。私を取り込んで運んでいく。自分に肉体のないことが、それを言うなら、形のないことが、私にはわかっていた。それでも、存在している。形のない、知覚力だけはある自分が、その竜巻のような風の中でくるくるまわっている。風は私をどこまでも運んでいく。肉体どころか形もないとわかっているのに、それでも、風は私にぞくぞくするような生命力をそそぎこんでいた。およそ人間らしくない歓喜に包まれ、私は風とともに高笑いをした。激しい風は渦を巻き、無限に広がる空間からいっきに私を引き戻し……

私は目を覚ましているようだった。あの不可思議な歓喜が波動のようにまだ全身に広がっている……そうとも！　私が破滅させなければならないものがそこにある……ベッドの上に……この波打つ歓喜が消えないように、殺さなければならない……あの竜巻のような風にもう一度吹き上げられ、運ばれて、その生命力をそそいでもらえるように、息の根を止めなければ……だが、注意深く……慎重に……そこだ——そこ、首の、耳のすぐ下……そこに差し込むのだ……そうすれば、また風に運ばれて……耳のすぐ下では血管が脈打って……なにが私を動けなくしているのだ？……用心しろ……用心しなくては……〝体温を測っておくよ〟……そう言えばいい……油断するな……「体温を測っておくよ」……今だ——素早く一突きして、首の、脈打つ血管に差し込めば……「そんなものではだめです！」……誰が言っているんだ？……まだ私を押さえている……憤然と、腹黒く……消耗させながら、情け容赦なく……そして、風のうなりがしだいに遠のいていき……

　声が聞こえた。「もう一度ひっぱたいてみろ、ビル。けど、そう強くやるな。意識が戻ってきてるみたいだ」顔にひりひりするような痛みを感じた。目の前でふわふわしていた靄が晴れていく。私は看護師のテーブルとリコリのベッドの中間あたりに立っていた。ジャックが私の両腕を脇にぴったり押さえつけて動けなくしている。ビルはまだ片手を上げたままだ。私の手はなにかをしっかりと握っていた。それへ目を向けた。刃がかみそりのように鋭い、大型のメスだった！

　私はメスを床に落とした。静かな口調で言った。「もう大丈夫だ、離してくれてかまわない」

　ビルは無言だった。ジャックも力を緩めようとしない。首をねじって二人を見ると、どちらも顔面が蒼白になっている。私は言葉を続けた。

「きっとこうなるだろうと思っていたよ。だから、きみらに頼んでおいたのだ。もう終わった。なんなら、わたしに銃を突きつけてもかまわない」

ジャックが私を解放した。私はそっと頬に触れてみた。

「かなり強く叩いたようだね、ビル」私は穏やかに言った。

「さっきのご自分の顔を先生がごらんになってたら、あっしがぼこぼこにしなかったほうが驚きだって思いますぜ」

あの凄まじい力のこもり具合をはっきりと思い出して、私はうなずいた。そして尋ねてみた。「わたしはなにをしたんだね？」

ビルが答えた。「先生は目を覚ましたかと思うと、その場で座ったまま、一分くらいボスを見つめてました。やがて引き出しからなにかを取り出して、立ち上がったんです。先生はボスの体温を測っておくとおっしゃりました。ボスのもとへ半分ぐらい足を進めたとき、先生が手にしているものに気づいたんです。あっしは、『そんなものではだめです！』って叫びました。そうしたら、先生は頭のねじがぶっ飛んだみたいになっちまって。もうひっぱたくしかありませんでした。そんだけです」

私は再びうなずいた。ポケットから淡い色の女性の髪でつくられた結び目のある紐を取り出して、灰皿の上でかざし、マッチで火をつけた。燃えはじめた紐は、小蛇のようにのたくって、複雑な結び目は炎が触れるたびにほどけていく。炎が残り二センチのところまできたとき、私は紐を灰皿に落として、それが燃えて灰になるのを見守った。

「今夜はもう問題も起こらないだろう」私は言った。「だが、見張りはこれまでどおりに続けてくれ」

私は看護師の椅子に戻ってゆったりと座り、目を閉じた……

ブレイルは魂を見せてはくれなかったが――今や私は、マダム・マンディリップの力を信じていた。

第十一章　人形による殺人

朝まで私は夢を見ることもなくぐっすりと眠った。いつもどおり七時に目が覚めた。ビルとジャックは二人ともしっかり警戒にあたっていた。マッキャンから連絡がなかったか尋ねたが、ないとのことだった。少し気になったものの、二人にとっては、とくにおかしなことでもないらしい。交代の見張りがそろそろ来る頃で、ビルとジャックには、昨夜の出来事は、話したところで誰も信じてくれないだろうと言って、マッキャン以外にはしゃべらないよう、二人に念を押しておいた。二人は決して口外しないと、真剣な口調できっぱりと答えた。私は、この先も必要なかぎり、室内で見張りについてもらいたいということを伝えた。

リコリを診察すると、彼は深く自然な感じで眠っていた。あらゆる点で、文句のつけようがないほどの状態だ。二度目の衝撃が、最初に受けた打撃の影響を消してしまうことは、ときおりある。リコリは目が覚めたときには、しゃべることも動くこともできるようになっているだろう。このほっとする見通しを、ビルとジャックに教えた。二人はいろいろ訊きたくてたまらない様子だったが、私は質問する機会を与えなかった。

八時に姿を現した、リコリに付き添う日勤の看護師は、バトラーが眠っていたことにも驚いていたが、私が彼女の代役を務めているのを目にして、仰天していた。私は彼女になんの説明もせず、今後、見張りは病室の外ではなく、中でつくとだけ伝えた。

八時半に、ブレイルが、朝食がてら報告をしにやってきた。まず彼の報告を聞いてから、私は昨夜の出来事を話して聞かせた。ただし、小さな看護師帽と自分の体験については、伏せておいた。黙っていたのには、れっきとした理由があった。一つ目は、看護師帽が落ちていたことから、ブレイルは最悪の結論に飛びつくと思われたからだ。まず間違いなく、彼はウォルターズを愛していた。そうであれば、マダム・マンディリップのもとへ行く彼を押しとどめるのは、とても無理だろう。普段は冷静な彼だが、ことこの件に関しては、きわめて暗示にかかりやすくなっている。ブレイルにとって危険なだけでなく、彼の意見が価値のあるものではなくなってしまうのだ。二つ目は、私が体験したことを知れば、彼は絶対に私を自分の目の届かないところには行かせてくれないだろう。三つ目は、こうした事態のどちらも、マダム・マンディリップと二人きりで会う――ただし、マッキャンに店の外で見張っていてもらう――という私の意図をくじいてしまう恐れがあった。

マダム・マンディリップと会ってどうなるのかは、まったく予測がつかない。だが、私が自尊心を持ちつづけるには、その女と会うほかないのだ。これまでに起こったことが魔法や呪術、超自然といったものだと認めるのは――迷信に屈することになる。超自然などありえない。なんであれ存在するのなら、それは自然の法則に従っていなければならない。物体は、物質の法則に従わなくてはならないのだ。われわれがそうした法則を知らなくても――それでも、法則というものはある。マダム・マンディリップがまだ知られていない科学の知識を持っているなら、それについてなにかできないか調べてみるのは、すでに知られている科学を代表する者として当然のことだろう。とりわけ、最近の私は、いやというほどそれに対応してきたのだから。マダム・マンディリップを当人の技術で出し抜くことができたなら——技術というものが本当にあって、自分が引き起こした幻影でなければだが——心地よい自信をもたらしてくれるだろう。いずれにしても、マダム・マンディリップには会わなくてはならない。

ちょうど診察日で、午後二時まで診療所を離れるわけにはいかなかった。それ以降の数時間は、ブレイルに診察を頼んだ。

十時近くに、看護師から電話が入った。リコリが目を覚まし、しゃべれるようにもなっていて、私を呼んでいるという。

私が病室へ入っていくと、リコリはにっこりとほほえみかけてきた。身をかがめて、手首をとったとき、彼は口を開いた。

「命を助けていただいただけではないようですね、ローウェル先生！　リコリはお礼を申し上げます。ご恩は決して忘れないでしょう！」

いささか大げさな物言いだったが、いかにもリコリらしかった。彼の脳が正常に機能しているという証だ。私は安堵した。

「すぐにも起き上がれるようにしてあげるよ」私は彼の手を軽く叩いた。

リコリがささやくように訊いた。「あれ以降、死人は出ていますか？」

夜の出来事をなにか覚えているのかどうか、私はずっと気にかかっていた。私は答えた。「いいや。だが、きみはマッキャンが運び込んできてから、消耗が激しい。今日はあまりしゃべらないほうがいいな」私はさりげなく言い足した。「いや、なにも起こっていないよ。ところで――今朝、ベッドから落ちたね。覚えているかい？」

リコリは見張りたちにちらっと目をやってから、私に視線を戻した。「どうも身体に力が入りません。とても弱っているんですね。すぐ元気にしていただかないと」

「二日もすればベッドの上で起きていられるようになるよ、リコリ」

「二日以内には、起き上がって、出かけられるようになっていなければ。しなくてはならないことがあるんですよ。時間がないのです」

私はリコリを刺激したくなくて、車の中でなにがあったのか尋ねるのはやめた。彼にきっぱりと言った。

「それはひとえにきみしだいだね。興奮してはいけない。そして、わたしの言うとおりにすること。では、きみの食事の処方を出しにいかないとな。そうそう、見張りはこの室内にいてもらいたいんだ」

「それでも先生は――なにも起こらなかったとおっしゃるんですか？」

「なにも起こってほしくないんだよ」私はかがんで彼に小声で付け加えた。「マンディリップには、マッキャンが監視をつけているよ。彼女はどこへも逃げられない」

「ですが、あの女の手下は、わたしの部下より腕が立つんですよ、ローウェル先生！」

私はリコリを鋭く見た。彼の目は謎めいていた。私は診察室に戻って、考えにふけった。リコリはなにを知っているのだろう。

十一時に、マッキャンが電話をかけてきた。彼から連絡が来てうれしかったが、私は怒っていた。

「いったい今まで――」私は問い詰めかけた。

「聞いてください、先生。今、モリーの――ピーターズの妹のところにいます」マッキャンは、私の言葉を遮った。「すぐに来てください」

有無を言わせない要請に、私はむっとした。「今は無理だよ。診療時間だからね。二時までは診療所を離れられない」

「抜けられませんか？　大変なことが起きたんです。おれにはどうしていいかわからないんですよ！」マッキャンの声から必死な思いが伝わってきた。

「なにがあったんだね？」

「電話じゃ――」マッキャンの声が、落ち着いた、優しいものになった。彼が言うのが聞こえた。「静かにしろよ、モリー。騒いだって、どうにもならないんだから」それから、私に向けて、「では、できるかぎり早く来てください、先生。待ってますから。住所を言います」私に住所を教えたあと、マッキャンがまたピーターズの妹に言うのが聞こえた。「やめるんだ、モリー！　おれはどこへも行かないよ」

いきなり電話が切れた。私は自分の椅子に戻った。心がかき乱されていた。マッキャンはリコリのことを尋ねなかった。そのこと自体、いやな予感がした。モリーか。そうとも、ピーターズの妹だ。兄の死を知って、打ちのめされてしまったのか。モリーは出産までひと月もないとリコリが話していたのを思い出した。いや、マッキャンが慌てふためいていた理由はもっとほかにあるような気がした。ますます不安になってきた。私は予定表に目を通した。深刻な状態にある患者はいなかった。ふいに心を決めると、患者に電話して予約を変更してもらうよう秘書に伝えた。そして車を頼むと、マッキャンに教えられた住所へと向かった。

アパートメントのドアを開けたのはマッキャンだった。顔は引きつり、目は苦悩に満ちている。無言で私を中へ引き入れ、先に立って廊下を歩いていった。開いたままになっているドアの前を通ったとき、泣きじゃくる子供を腕に抱いている女性の姿がちらりと見えた。マッキャンは私を寝室に案内し、ベッドの方を指さした。

ベッドには男性が一人横たわっており、顎までシーツがかけられていた。そばへ寄って男性を見て、触れてみた。男性は死んでいた。死後、何時間も経っている。マッキャンが口を開いた。

「モリーの亭主のジョンです。ボスにしたように調べてください」

私はある冷酷な手でろくろにのせられ――ピーターズからウォルターズへ、リコリ、そしてこの遺体の前へとまわされているような、なんとも言えない不快な感覚に襲われた。ろくろはここで動きを止めるのだろうか。

死んだ男性の服を脱がせた。鞄からルーペと探針を取り出す。心臓の上あたりから始めて、少しずつ身体を調べていった。どこにも、なにも見当たらない……遺体をひっくり返して……

一目で、盆の窪に小さな刺し傷があるのに気づいた。

極細の探針をとって、そこへ差し込んでみる。探針は——またしても、無限に同じことが繰り返されているという感覚に襲われた——中へなめらかに入っていった。私は慎重な手つきで探針を進めた。

細長い針のようなものが、ちょうど脳と脊髄がつながっている急所に差し込まれた形跡があった。偶然なのか、いや、おそらく針のようなものを乱暴にひねって神経経路を引きちぎったせいだろう、呼吸中枢が麻痺して、ほとんど即死だった。

私は探針を引き抜いて、マッキャンに顔を向けた。

「他殺だ。リコリが襲われたのと同じたぐいの凶器で殺害されている。誰のしわざにしろ、リコリのときより徹底しているね。リコリと違って、このジョンが息を吹き返すことはないよ」

「そうなんですか?」マッキャンが静かな口調で言葉を返した。「ボスのとき、そばにいたのはおれとポールの二人だけでした。ジョンのとき、そばにいたのはね、先生、モリーと幼い子供だけなんですよ! さて、先生はどうなさるおつもりですか? まさか、この二人を疑うんですか——おれがポールと組んでボスをやったとお考えになったように?」

「今回のことで、きみはなにを知っているんだね、マッキャン? それに、どうしてそうタイミングよく、ここにいたんだ?」

マッキャンは忍耐強く答えた。「ジョンが殺されたとき、おれはここにはいませんでしたよ——先生がそのことをおっしゃってるなら。死んだ時間をお知りになりたいなら、午前二時です。モリーは一時間くらい前に電話を寄越して、おれはすぐに駆けつけたんですよ」

「モリーはわたしより運に恵まれていたわけだな」私は素っ気なく言った。「ゆうべ一時から、リコリの部下たちがきみをつかまえようとしてくれていたんだが」

「知ってます。ですが、モリーが電話を寄越すまで、おれは自分が探されているとは思ってもみませんでした。先生に会いに行く途中だったんです。おれが一晩中なにをしていたかお知りになりたいなら、お話ししますよ。ボスの仕事や、先生にお話しした件で、出かけてたんです。あの地獄の使いの娃がどこにクーペを置いているのか突き止めようってのも、その一つです。突き止めましたよ——でも、遅すぎました」

「だが、監視がついていたはずでは——」

「ねえ、先生、今はモリーと話してやってもらえませんか?」私の言葉を遮って、マッキャンは言った。「モリーのことが心配でたまらないんです。おれが先生について話したことと、先生が来てくれるってことだけで、彼女は自分を見失わずにいるんです」

「案内してくれ」すぐに私は言った。

女性と泣きじゃくる子供を見かけた部屋へ、私たちは入っていった。モリーはせいぜい二十七か二十八歳くらいで、普通の状況なら、きっとすこぶる魅力的だっただろう。今はやつれて血の気のない顔に、目には恐怖と、理性を失う一歩手前のような怯えが宿っている。彼女はぼんやりと私を見た。人差し指の先で唇をこすりつづけながら、じっとこちらに向けられた目からは、不安と深い悲しみだけを残して、ほかのものはいっさいなくなってしまった心が見てとれる。四歳にもなっていないように見える女の子は、ずっと泣きじゃくっていた。マッキャンがモリーの肩をつかんで揺すった。

「元気を出せ、モリー」マッキャンは、荒っぽいが、哀れみもこもった口調で声をかけた。「先生がいらっしゃったぞ」

モリーは、急に私の存在を意識したようだった。ゆっくりと私を見つめたあと、尋ねるというより、最後のかすかな希望をあきらめるような口ぶりで言った。

「あの人、死んだんですね?」

私の表情から答えを読み取った彼女は、声をあげた。

「ああ、ジョン——ジョン! 死んだなんて!」

モリーは子供を抱きしめた。穏やかといっていいような声で子供に話しかける。「ジョンは遠くに行ってしまったのよ。パパは行かなくてはならなかったの。泣かないで、またすぐに会えるんだから!」

私はモリーを泣き崩れさせてやりたかった。だが、彼女の目に宿る深い恐怖は、あまりに根強く、いっこうにやわらがない。その恐怖が、悲しみを普通に表へ出すことを阻んでいた。こうした緊張状態に、彼女の心が長く持つはずはなかった。

「マッキャン」私は小声で呼びかけた。「なにか言うかするかして、モリーを刺激してくれないか。かんかんに怒らせるのでもいいし、泣き叫ばせるのでもいい。わたしはどちらでもかまわない」

マッキャンはうなずいた。モリーの腕から子供を取り上げて、自分のうしろへ押しやった。身をかがめて、モリーに顔を近づける。彼は険しい声音で迫った。

「白状しろよ、モリー！　なんだってジョンを殺したんだ？」

一瞬、モリーはわけがわからない様子で、突っ立っていた。やがて、身体をぶるっと震わせた。恐怖の色が消えた目に、激しい怒りが宿る。マッキャンに詰め寄ると、彼の顔に拳を叩きつけはじめた。マッキャンは彼女の両腕をつかんで、叩くのをやめさせた。子供が甲高い声で泣き出す。モリーの身体から力が抜け、両腕が脇に下ろされた。床に座り込んで、膝の上に頭を垂れる。涙がこぼれてきた。モリーを抱き起こして慰めようとするマッキャンを、私は止めた。

「泣かせてやるんだ。彼女にはそれがいちばんいいんだから」

しばらくして、モリーは顔を上げてマッキャンを見つめると、声を震わせながら訊いた。

「本気で言ったんじゃないわよね、ダン？」

「ああ。やったのはきみじゃないとわかってる、モリー。でも、先生には話さなきゃならない。たくさんあるだろ？」

彼女は、早くもほぼ普通の口調に戻って、言った。「先生が質問をなさりたいですか？　それとも、起こったことを順番にお話ししましょうか？」

マッキャンが割って入った。「先生にも、おれのときと同じようにお話しすればいい。人形のことから」

私は言った。「そうとも。あなたの好きなように話していいんだよ。訊きたいことがあれば、あとで訊くから」

モリーは話しはじめた。

「昨日の午後、ここにいるダンが来て、あたしをドライブに連れていってくれました。普段なら、ジョンが家に帰ってくるのは……帰ってきていたのは、六時頃なんです。でも昨日は、あたしを気遣って、早く家に帰ってくれました。三時頃です。ジョンはダンのことが気に入ってるから……気に入ってたから、あたしに行ってくるよう勧めました。あたしが家に戻ったときには、六時を少しまわってました。

『おまえが出かけてる間に、おちびちゃんにプレゼントが届いたぞ、モリー』とジョンは言いました。『また人形なんだ。きっとトムが贈ってくれたんだろう』。トムというのは、あたしの兄です。テーブルの上に大きな箱が置いてあって、あたしはその蓋をとってみました。中に入っていたのは、もう生きているとしか思えないようなお人形でした。どこをとっても完璧で。かわいい女の子のお人形です。赤ちゃん人形じゃなくて、十歳か十二歳くらいのお人形。学生らしい服を着て、バンドで縛った教科書を肩にかけて――背丈はほんの三十センチくらいですけど、本当によくできてました。その愛らしい顔ときたら――小さな天使みたいな顔なんです。ジョンが言いました。『宛名がおまえになってたんだ、モリー。でも、花かと思って開けちまったんだよ。今にもしゃべりだしそうじゃねえか。いわゆる肖像人形ってやつだな。どっかの子供がモデルになったんだろうよ』

それであたしは、送ってきたのは兄だと確信しました。というのも、兄は前にもリトル・モリーにお人形をくれたことがあったんです。あたしの友達も……亡くなったんですけど……同じ店のお人形をくれていて、人形をつくってる女の人に頼まれて、人形のモデルになったと話してました。そういったことを考え合わせて、兄がそのお店に行って、またリトル・モリーに買ってくれたんだとわかったんです。でも、念のためにジョンに訊いてみました。

『メモかカードはついてなかったの？』

『ついてなかったな——おお、そうだ、妙なもんが入ってたぞ。どこへやったかな。ポケットに入れちまったにちがいない』ジョンはあちこちのポケットを探して、一本の紐を取り出しました。結び目があって、人の髪でできてるように見えました。

『兄さんはなんだってこんなものを入れたのかしら？』

ジョンはその紐をまたポケットに戻して、あたしはそれっきり紐のことは考えませんでした。

リトル・モリーは眠ってました。起きたときに目につくよう、お人形はあの子のそばに置いてやりました。目を覚ましたとき、あの子はもう大喜びして。夕食を食べたあと、リトル・モリーはお人形で遊びました。ベッドに入る時間になって、あたしはリトル・モリーからお人形を取り上げようとしたんですけど、あの子が泣いていやがるので、一緒に寝かせてやりました。あたしとジョンは十一時までカードで遊んで、そのあと寝る準備をしました。

リトル・モリーは寝相が悪いもんですから、落ちないように、まだ囲いのついた低いベビーベッドで寝かせているんです。ベビーベッドがあるのは、あたしたちの寝室の隅で、二つある窓のうちの一方のそばです。二つの窓の間には、あたしの鏡台があって、あたしたちのベッドは窓と反対側の壁に頭側をつけて置いてあります。あたしとジョンは立ち止まって、リトル・モリーの寝顔を見つめました。いつもそうするんです……そうしてました。あの子は片方の腕にしっかりお人形を抱いて、お人形の頭を自分の肩で休ませ、ぐっすり眠ってました。

ジョンが言いました。『なあ、モリー——この人形、おちびちゃんと同じくらい、生きてるように見えるな！　起き上がって、歩きだしてもおかしくねえくらいだ。モデルになった女の子は、すごくかわいい子だったんだな』

あの人の言ったとおりでした。ほんとに愛らしくて、優しい小さな顔で……だからこそ、ローウェル先生……よけいに怖くて……怖くてたまらないんです……」

モリーの目に恐怖が戻ってくるのが見てとれた。

マッキャンが励ました。「しっかりするんだ、モリー！」

「あたしはお人形を取り上げようとしました。あまりにきれいなお人形だから、リトル・モリーが上に寝返りを打つかなんかして傷つけてはいけないと思ったんです」モリーは静かな口調で、また話しはじめた。「でも、あの子はしっかり抱いていたし、起こしたくなくて。それで、お人形はそのままにしておきました。着替えている間に、ジョンはポケットから結び目のある紐を取り出していました。

『結び目がついてて、変な紐だよな』とジョンは言いました。『トムから連絡があったら、どういう意味があるのか訊いておいてくれよ』そして、ベッドのそばにある小さなテーブルに紐を放り投げました。ジョンはまもなく眠ってしまいました。あたしもすぐに眠りました。

ふと、目が覚めました……そんな気がしました……起きていたのか、夢を見ていたのか、よくわかりません。きっと夢を見ていたんだと思いますけど——でも……。ああ、ジョンが死んだなんて……あたし、あの人が死ぬときのさまを聞いたんです……」

新たな涙があふれてくる。だが、少しの間だった。

「あたしが起きていたのだとしたら、あの静けさのせいで目を覚ましたに違いありません。でも——きっと夢を見ていたんだと思うのも、あの静けさのせいなんです。あたしたちはアパートの二階に住んでて、通りからいつもなにかの音は聞こえてきます。それが、あのときはなんの音もしなかったんです……まるで……まるで世界中から急に音が消えたみたいに。あたしはベッドに起き上がって、耳を澄ませていたと思います……なにかほんの小さな物音でもいいから聞こえないかと、神経を集中させてました。ジョンの寝息さえ聞こえません。あたしは怖くてたまりませんでした——その静けさの中になにか恐ろしいものが潜んでいる気がして。なにか生きているものが！　なにか邪悪なものが！

あたしはジョンの方へ身を乗り出そうとしました。あの人に触れて、起こそうとして。でも、動けなかったんです！　指一本さえ、動かせませんでした！　声を出そう、悲鳴をあげようとしました。それもできなかったんです！　窓のカーテンは少し開いていました。通りからかすかな明かりが、カーテンの隙間越しに入ってきてました。それが突然、消えました。部屋は真っ暗に——鼻をつままれてもわからないくらい真っ暗になったんです。

それから、緑色の光が見えはじめて——

初めは、弱々しい光でした。外からの光じゃありません。部屋の中で光ってるんです。揺らめいては暗くなり、揺らめいては暗くなりました。でも、暗くなるたびに、次はそれまでより明るくなるんです。蛍の光みたいな緑色でした。澄んだ緑色の水を通して見る月明かりみたいだと言ってもいいかもしれません。そのうち、緑の光は揺らめいたり、暗くなったりしなくなりました。電灯に似てるんですけど、やっぱり電灯なんかじゃないんです。あたりを照らしているわけじゃありませんでしたから。ただ光ってるんです。それに、部屋のありとあらゆる場所が光ってました——鏡台の下も、椅子の下も……つまり、どこにも影がなかったんです。室内にあるものすべてが見えました。リトル・モリーがお人形の頭を自分の肩で休ませてベビーベッドで眠っているのも……

お人形が動いたんです！

頭を少しまわして、リトル・モリーの息づかいに耳を澄ませているみたいでした。身体にまわされているあの子の腕に小さな両手をかけます。腕が身体から外れました。

人形が起き上がりました！

そのとき、自分は夢を見ているのだと確信しました。だって、奇妙な静けさに、不思議な緑の光……そして、これなんですから。

ベビーベッドの囲いをよじのぼった人形が、床に飛び降りました。子供みたいに、スキップで、バンドで縛って肩にかけた教科書を揺らしながら、ベッドへと近づいてきます。そうしながら、顔をあっちへ向け、こっちへ向けして、好奇心の強い子供のように、部屋の中を物珍しそうに見てるんです。鏡台に目を留めると、立ち止まって、鏡を見上げました。鏡台の前に置いてある椅子をよじのぼっていきます。椅子の座面から鏡台に飛び移ると、教科書を脇へ放り出して、鏡に映った自分に見とれはじめました。

人形が自分で身だしなみを整えるんです。鏡に背中を向け、最初はこっちの肩越しに、次は反対側の肩越しに自分のうしろ姿を確認しています。あたしは、『なんてとんでもなく奇妙な夢なの！』と思いました。人形は鏡に顔を近づけ、髪を直して、なでつけています。『うぬぼれ屋さんの人形だこと！ あたしがこんな夢を見ているのは、ジョンが、まるで生きているみたいだとか、歩きだしてもおかしくないとか言ったせいなんだわ』とも思いました。『でも、夢を見ているはずはないわ。それなら、自分が見ている夢についてあれこれ説明しようとしたりしないもの！』そう考えたとたん、なにもかもがばからしく思えて、あたしは笑いました。声に出してはいません。出せたはずはないんです……笑ったのは心の内でですから。でも、人形には聞こえたかのようでした。こちらに振り返ると、まっすぐあたしを見つめて――

あたしは心臓が止まるかと思いました。それまでにも、悪夢を見たことはあります、ローウェル先生――でも、どんなに恐ろしい夢でも、あの人形と目が合ったときのように感じたことはありません……

悪魔の目そのものだったんです！ 赤く輝いていて。つまり、その目は――目は――鋭く光っていたんです……暗闇の中で獣の目が光るみたいに。でも、あたしが心臓をぎゅっとつかまれたような気がしたのは、その目に地獄めいたものがあったせいです！ 天使のような顔に、地獄から来たような目がついていて……

どのくらいの間、人形がそこに立ってあたしをにらみつけていたのか、わかりません。そのうち、人形は鏡台の端に腰掛けて、子供みたいに脚をぶらぶらさせはじめましたが、それでも、目はあたしに据えたままでした。やがて、ゆっくりと、これ見よがしに細い片方の腕を上げていって、首のうしろへ手をやりました。また、上げたときと同じくらいゆっくりと腕を下ろしていきます。手には長いピンが……短剣みたいなものが握られていて……

人形は鏡台から床へ飛び降りました。あたしに向かってスキップしてきて、ベッドの下の部分の影に入りました。姿が見えなくなっていたのはわずかな間のことで、ベッドをのぼってきていた人形は、やっぱりあたしを見つめながら、ジョンの足元に立ち上がりました。

あたしは悲鳴をあげようとしました。身体を動かそうとしました。ジョンを起こそうとしました。神様に祈りました——ジョンを起こしてください！　どうかお願いです、ジョンを起こして！

人形があたしから視線を外しました。その場に立ったまま、ジョンを見つめています。人形はジョンの身体に沿って、忍び足で頭の方へ進んでいきました。あたしは手を動かして人形を追おうとしましたが、手は動きませんでした。人形はあたしの視界から消えて……

恐ろしい、すすり泣くようなうめき声があがりました。ジョンの身体が震え、そのあと身体を伸ばして、よじるのが感じられて……彼がため息をつきました……

深く、深く、肺の中の空気を出し切って……ジョンは死んでいくのだとわかりました……それなのに、あたしにはなす術がなくて……音のない、緑の光の中で……

窓の向こうの通りから、フルートの音色みたいなものが聞こえてきました。慌てて走っていく小さな足音がします。見ると、人形が床を突っ切って、窓の下枠に飛び乗りました。しばらくその場にかがんで、通りを見下ろしていました。手になにか持っています。すぐにそれが、ジョンがテーブルに放り投げた結び目のある紐だとわかりました。

またフルートのような音がして……人形は窓の外へ身をひるがえし……赤い目がきらりと光って……下枠をつかんでいた小さな手が見え……人形は行ってしまいました……

緑の光は……またたいて……消えました。通りの明かりが、またカーテンの隙間から入ってきました。静けさは……なんだか……吸い出されたような気がしました。

そのとき、なにか黒い波のようなものがあたしをのみこみました。あたしはその波の下に沈んでいきました。のみこまれる直前、時計が二時を打つのが聞こえました。

再び目を覚ますと……それとも、意識が戻ったというか……あるいは、夢を見ていただけなら、普通に目を覚ましたと言うほうがいいかもしれませんが……あたしはジョンの方に顔を向けました。そばに横たわっていた彼は……ひどく静かなんです！　あたしは身体に触れてみました……ジョンの身体は冷たくて……冷え切っていました！　ええ、死んでいるとわかっていました！

ローウェル先生……教えてください、どれが夢で、どれが現実だったんでしょうか。人形にジョンを殺せないのはわかってます！　ジョンが息絶えながらあたしと心を通わせたから、それが夢となって現れたんでしょうか。それとも、あたしは……夢を見ながら……あの人を殺したんでしょうか？」

第十二章　マダム・マンディリップの技法

モリーの苦悶に満ちた目を見れば、本当のことなど言えるわけもなく、私は嘘をついた。

「少なくとも、その点については、あなたを安心させてあげられるよ。ご主人はまったくの自然死だ――脳血栓だよ。ご遺体を確認して出た結果だ。ご主人の死とあなたにはなんら関係がない。人形のことは――ひどく生々しい夢を見た、それだけだろうね」

モリーはその言葉を信じるためなら魂を差し出してもかまわないという目で私を見つめた。彼女は口を開いた。

「でも、ジョンが死ぬときのさまを聞いたんです！」

「珍しいことではないよ」私はいくらか専門的な説明をすることにした。モリーにはよく理解できないだろうが、でもだからこそ、説得力があると踏んだのだ――「おそらく、あなたはまどろんでいる状態だったのだろう――医学用語で言う、覚醒の境界領域にあったのだと思う。十中八九、夢の中の出来事は、どれもあなたの耳にしたものがヒントとなって生まれたのだ。潜在意識がそうした音声に意味づけをしようとして、あなたの語ってくれた、空想のドラマをつくり出したんだよ。

夢の中ではずいぶん時間がかかっているように思えることも、本当は、瞬間的に頭の中をよぎるだけなのだ――夢の中の時間を決めるのは潜在意識だからね。一般的に見られる現象だよ。ドアが勢いよく閉まるとかいった、大きな物音が突然したとしよう。その音で、寝ていた者は眠りから覚める。完全に目を覚ましたとき、その人物は、なにかとても鮮明な、最後が大きな音とともに終わる夢を見ていたことを覚えている。でも実際は、夢は音がしたときから始まったんだ。夢を見ていた人物には、何時間にも及ぶ夢のように思えたかもしれない。その実、音が聞こえてから目覚めるまでの、ほんの一瞬とも言える短い間に見た夢なんだよ」

モリーは深く息を吸い込んだ。目に浮かぶ苦悶の色がいくぶん薄れている。私はたたみかけるように言った。

「それに、ほかにも忘れてはいけないことがある――あなたが妊婦さんだという点だ。妊娠中に生々しい夢を見る女性はじつに多い。しかも、たいていはいやな内容の夢だ。夢どころか、幻覚を見る場合さえある」

聞こえるか聞こえないかの声で、モリーは言った。「確かに、おっしゃるとおりです。リトル・モリーがお腹の中にいたときも、それは恐ろしい夢を見て――」彼女は口ごもった。再び顔が不安で曇った。「でも、人形は――人形はもうどこにもないんです！」

人形のことを忘れていた私は、心の中で自分をののしった。すっかり虚を突かれて、すぐには返事が思いつかない。だが、マッキャンは私とは違っていた。さらりと答える。

「そりゃ、どこにもないだろうよ、モリー。おれがダストシュートに放り込んだからな。きみから話を聞いたあと、もうきみの目には触れないほうがいいだろうと思ってさ」

モリーが鋭く聞き返した。

「人形はどこにあったの？　探したのに」

「きみはあまり探せる状態じゃなかっただろう」マッキャンが答えた。「ベビーベッドの足元に落ちていたよ。壊れていた。たぶんリトル・モリーが寝ている間に何度ものっかったんだろう」ためらいがちに、モリーが言った。「ベビーベッドから滑り落ちたのかもしれない。そこはのぞいてみなかったと思う――」

マッキャンと結託していることをモリーに疑われないよう、私は尖った声で言った。「勝手に人形を処分すべきではなかったぞ、マッキャン。人形をギルモア夫人に見せていれば、夫人はすぐに自分が夢を見ていたのだとわかって、ここまで苦しむこともなかったのだ」

「まあ、おれは医者じゃありませんから」マッキャンはぶすっと答えた。「よかれと思ってやったんですよ」

「階下へ行って、人形を探してきてくれ」私は有無を言わせぬ口調で命じた。マッキャンが鋭い視線をさっと向けてきた。私はうなずいてみせた――彼が私の意図を汲んでくれるよう願いながら。

数分経って、マッキャンは戻ってきた。

「ほんの十五分くらい前にごみ収集車が来たそうです」マッキャンは滑稽なほど嘆いてみせた。「人形も持っていかれちまいました。でも、これを見つけましたよ」

マッキャンは、六冊ほどの小さな本がぶらさがっている細く短いバンドをつまんで掲げた。

「夢の中で人形が鏡台に放り出したのはこれじゃないか、モリー？」

モリーは食い入るように見つめたあと、あとずさりをした。

「そうよ」かすれた声で答える。「お願いだから、そんなもの捨ててちょうだい、ダン。見たくないわ」

マッキャンがどうだと言わんばかりの目で私を見る。

「あのとき人形をダストシュートに放り込んだのは、やっぱり正しかったんじゃないですかね、先生」

「いずれにしても、これでギルモア夫人も、あれはすべて夢だったのだと納得できたのだし、問題はなかったわけだ」私はマッキャンに言ってから、モリーの冷たい手をとった。「それでは、あなたに医者としての忠告だ。これ以上はこの家に留まらないこと。あなたと娘さんが一週間くらい過ごせる分の荷物をまとめて、すぐにここから離れなさい。わたしは、あなたの身体の状態と――まもなく生まれてくる小さな命のことを考えているんだよ。必要な手続きはすべて、こちらでやっておこう。そのほかの細々したことについては、マッキャンに頼めばいい。ともかく、家から離れなさい。わたしの忠告に従ってくれるね？」

ほっとしたことに、モリーはあっさりとうなずいた。モリーと幼い子供が遺体に最後の別れを告げるときは、少し胸に迫るものがあった。だが、さほど時間をかけずに、モリーはマッキャンと親戚の家に行く支度をした。リトル・モリーは男の子と女の子の人形を持っていきたがった。モリーの疑念をまたかきたてるおそれはあったが、それでも私は持っていかせなかった。マダム・マンディリップに関係するものは、二人の避難先にいっさい置かせたくなかった。マッキャンが私に加勢し、人形は置いていかれることになった。

私は知り合いの葬儀屋に連絡した。念のために遺体を確認する。小さな刺し傷が気づかれることはまずないだろう。私の死亡診断に疑義が唱えられることはないから、検死にまわされるおそれもない。葬儀屋が到着すると、夫人がいない理由を説明した――出産が間近で、私の指示に従って家を離れたのだと。死因は脳血栓ということにした――銀行家を診た医者が似たような診断を下し、それについて自分がどう考えていたかを思い出して、かなり暗澹としながら。

遺体が運び出されると、私は椅子に腰を下ろして、マッキャンが戻ってくるのを待ちながら、自分が延々と動いているような気がする、この奇妙な一連の出来事に対する自分の立ち位置を見定めようとした。できるとかできないとかいう偏見や先入観を捨てようとした。マダム・マンディリップが、現代の科学にはないなんらかの知識を持っていると認めることから始めた。それを魔法や魔術と呼ぶつもりはない。そんな言葉に意味はない。ごく当たり前の現象でも、その起こる理屈が一般の人々には長らくわからなかった場合に、つけられてきた言葉だからだ。たとえば、近代文明と縁のなかった地域で、マッチの火が〝魔法〟だったのは、さほど昔の話ではない。

そう、マダム・マンディリップはリコリが考えているような〝魔女〟ではない。未知の科学を用いる女――それだけだ。

そして、科学であるなら、一定の法則に支配されているはずだ――私には未知の法則だとしても。マンディリップの活動は、私の理解する因果関係に反するものでも、未知の科学なりの原因と結果の法則には従っているにちがいない。超自然のものなど存在しない――ただ、近代文明と縁のない地域で暮らしていた人々のように、私にはマッチに火がつく理屈がわかっていないだけだ。こうした法則らしきものが、マンディリップが用いる技法の一端が――どんな技術でも、実行には、体系的に考えられた内容を詳しく伝えるものとして言葉を用いる――が見えたと思った。どうやら、〝魔女のはしご〟と呼ばれる結び目のある紐が、人形を動かすのに欠かせないようだ。一つ目は、リコリが最初に襲われる前に、彼のポケットにすべりこまされていた。昨夜の、不穏な出来事が起こったあと、リコリのベッドのそばで私が二つ目の紐を見つけた。その紐を身につけて眠った私は――自分の患者の命を奪おうとした！　三つ目の紐は、ジョン・ギルモアを殺した人形のそばにあった。

つまり、紐は、人形を自在に操るための仕組みの一部ということになる。

一方で、ピーターズの人形に襲われた酒飲みの男が、そのとき〝魔女のはしご〟を持っていたとは考えられない。

しかしながら、紐が、人形を最初に動かすきっかけを担っているだけという可能性はある。ひとたび動きだせば、人形はそのあとずっと動きまわれるのかもしれない。

人形をつくるのにも、一定の決まり事があるようだ。一つ目は、犠牲者となる人物が、自分の意思でモデルを引き受けること。二つ目は、未知の死を引き起こす軟膏を塗るために、怪我をさせること。三つ目は、人形が犠牲者とそっくりでなければならないこと。犠牲者はみなよく似た症状だったことから、同じ作用が働いて、死に至ったのは間違いない。

だが、こうした死が、実際に人形が動きまわることと関係あるのだろうか。死は、人形を操るために、本当に不可欠な要素なのだろうか。

マダム・マンディリップはそう信じているのかもしれない。いや、きっと、そう信じている。

私は、信じない。

リコリを刺した人形はピーターズそっくりにつくられていた。見張りの二人が窓枠に飛び乗ったのを目撃した〝看護師の人形〟は、ウォルターズがモデルになった可能性がある。ギルモアの脊髄にピンを差し込んだのは、おそらく十一歳の女子生徒だったアニタをもとにつくられた人形だ――こうしたことには、私も異存はない。

とはいえ、ピーターズやウォルターズやアニタのなにかが、人形を動かした……死んだことで、彼らの生命力や精神や〝魂〟が引き抜かれ、邪悪なものに変えられて、針金で骨格をこしらえられた人形に閉じ込めた……いやいや、こんなことは、私の理性が受けつけない。私は可能性があるということさえ、自分の心に受け入れさせることができなかった。

マッキャンが戻ってきて、私の分析は中断された。

単刀直入に、彼は言った。「うまくいきましたね」

「マッキャン――人形を見つけたと言ったが、あれは事実だったんじゃないだろうね？」

「違いますよ、先生。人形は本当に消えてました」

「それなら、あの小さな本はどうしたんだ？」

「モリーが、人形が放り出したと言ったとおりの場所——鏡台の上にありました。彼女から話を聞いたあと、おれがくすねておいたんです。モリーは本には気づいてませんでした。なんとなく勘が働きましてね。いい勘だったでしょう?」

「やるじゃないか。結び目のある紐のことをモリーに訊かれていたら、さて、わたしたちはどう答えられたんだろうな」

「紐のことは、モリーはたいして気にかけてなかったようです——」マッキャンは少し口ごもった。「ですが、じつは紐にはとんでもなく重要な意味があるんじゃないでしょうか、先生。おれがモリーを連れ出してなくて、ジョンも思いがけず家に帰ってきてなくて、彼ではなくモリーが箱を開けていたら——ジョンのほうが、そばで冷たくなって横たわっているモリーを発見したんじゃないかと思うんですよ」

「きみは、つまり——」

「つまり、紐を手にした者に、人形は襲いかかるということです」マッキャンは重苦しく締めくくった。

ほほう、と私は心の中で声をあげた。私の考えとほぼ同じだ。

「だが、誰がどうしてモリーの死を望むんだね?」

「誰かがモリーは知りすぎてると考えたんじゃないでしょうか。それで思い出しましたが、先生にお伝えしたいことがあったんです。あのマンディリップは、自分が監視されているとわかってます!」

「なるほど、彼女の手下のほうが一枚上手だったわけだ」私はリコリの言葉を思い出していた。そしてマッキャンに、前夜、二度目の襲撃があったこと、それで彼を探していたことを話した。

「そういうことでしたか」私の話を聞き終えて、マッキャンは言った。「マンディリップは、誰が自分を見張らせてるのか、知っているという証拠ですね。あの女は、ボスとモリーの両方を消そうとしたわけだ。おれや先生にも感づいてますよ」

「人形には同行者がいる。フルートのような音は、戻ってこいという合図だ。人形は宙に消えたりはしない。フルートのような音に反応して帰っていく……どうやってか、音を出している者のところへな。きっと人形は店から持ってこられるんだろう。ということは、二人の女のうちの一人が持ち出すのにちがいない。どうやって二人はきみのところの見張りの目をかいくぐるのだろう」

「おれにはわかりません」肉の落ちた顔は不安そうだった。「魚の腹みたいに白い娘は、確かに見張りの目をかすめて出かけてます。おれが探り出したことを聞いてください、先生。ゆうべ先生と別れたあと、目新しい情報がないか確認しに、見張りの連中のところへ行きました。情報は山のようにありましたぜ。連中によると、午後四時頃に娘が店の奥に引っ込んで、マンディリップが店の椅子に座ったそうです。連中は、とくになんとも思わなかったとか。

ところが、七時頃、通りを歩いてきて店に入っていったのが、ほかでもないあの娘だったんです。連中は、店の裏で張ってるやつらをどやしつけました。ですが、裏のやつらは、娘が出ていくのを見てなかったんで、逆に、表の連中が見逃したのだと言い立てたんです。

そのあと十一時頃に、交代要員の一人が、もっと悪いニュースを持ってやってきました。そいつがブロードウェイの端にいたとき、一台のクーペが角を曲がってってたそうなんですが、運転していたのが、あの娘だったんです。見間違いじゃありません。そいつは人形の店にいる娘を見てますから。

クーペはブロードウェイを突っ走ってってたそうです。娘に尾行がついてなかったんで、そいつはタクシーを拾おうとあたりを見まわしました。もちろん、一台も走っちゃいません――拝借しようにも、止まっている車さえありませんでした。それで、そいつは見張りの連中と合流したときに、いったいなにやってるんだとなじったんですよ。ですが、やっぱり、誰も娘が出かけるのを見てなかったんです。

おれは、連中のうちの二人を連れて、娘がクーペを置いてある場所を突き止めようと、手分けして店の周辺をくまなく探しました。まったくつきに恵まれてませんでしたが、午前四時頃に、下っ端の一人――見張りについていた連中の一人です――に出くわしました。そいつが言うには、三時頃に娘を見かけ――とにかく、やつは娘だと思ったそうです――娘は人形の店から角を曲がった先の通りを歩いていたんだとか。大型のスーツケースを二つ持ってましたが、重そうには見えなかったそうです。歩く速度も速かった。ですが、店とは違う方向だったんです。

もっとよく見ようと、やつはこっそりあとを追うことにしました。ところが突然、娘が視界から消えてしまったんです。そのあたりを探しましたが、影も形もありません。かなり暗い場所で、やつは近くにあるドアや路地を調べましたが、ドアはどれも鍵がかかっていて、路地にも人気はありませんでした。それで、やつはあきらめて、おれを探すことにしたんです。

おれは娘が消えたっていう場所をざっと調べました。人形の店から角を曲がって、ブロックを三分の一くらい行ったあたりでした。人形の店は角から八軒目です。大半が商店で、階上が倉庫になってるようです。住んでる者はそう多くいません。建物はどれも古いものです。依然として、おれには、娘がどうやって店に戻れるのかわかりませんでした。下っ端の見間違いじゃないかと思ったくらいです。誰か別の人間を見たのか、誰かを見かけたと思っただけなのか。ですが、つぶさに調べていくうちに、車を一台くらい置いておけそうな場所が見つかりました。

ドアには鍵がかかってましたが、開けるのにたいして時間もかかりませんでしたよ。案にたがわず、中にはクーペがあって、エンジンがまだ温かい状態でした、止められてからさほど時間が経ってないんです。しかも、娘が運転しているのを目撃したやつに確かめると、同じ車種だったと言うんです。

おれはドアに鍵をかけ直して、店を監視してる連中のところに戻りました。そのあとは、連中と見張っていました。人形の店の窓は真っ暗でした。ですが、八時少し前に娘が店の中にいるのが見え、彼女が店を開けたんです！」

「そうはいっても」ここで私は口を挟んだ。「娘が出かけたという確固とした証拠はないわけだろう。きみのところの者が見たと思っている娘は、本人じゃないかもしれない」

マッキャンは哀れむような目で私を見た。

「昨日の午後、娘は誰にも見られずに出かけてるんですよ。夜に同じことができないわけないじゃありませんか。クーペを運転してる娘を見たやつもいるんです。そして、娘を見失った場所の近くで、目撃したのと同じ車種のクーペを見つけたんです」

私はじっと考え込んだ。マッキャンの話を疑う理由がなかった。それに、娘が目撃された時間帯には、厭わしい出来事が起こっている。私は、半ば独り言のように言った。

「娘が午後に出かけていた時間は、ギルモア家へ人形が届けられた時間と一致する。夜に店を出ていた時間は、リコリの襲撃やジョン・ギルモアが死んだ時間と一致する」

「まさにおっしゃるとおりです！　娘は、モリーの家に人形を置きに行って、戻ってきたんです。また出かけては、人形にボスを襲わせました。そこで待っていて人形が飛び出してくると、次にモリーの家へ行き、置いてきた人形を呼び戻したんです。そのあと、一目散に戻ってきました。人形は、娘が運んでいたスーツケースに入ってたんですよ」

わき上がってきたどうにも解けない疑問に、私は欲求不満を抑えきれなかった。

「そしてきみは、娘が箒にまたがって煙突から家の外に出たと思っているわけだな」私は皮肉っぽく言った。

「いいえ」マッキャンは真顔で答えた。「そんなふうには思ってませんよ、先生。ただ、あのあたりの建物は古いんで、鼠が囓ってあけた穴かなにかあって、娘はそこを通ってるのかもしれないとは思ってます。いずれにしても、今はうちの連中が通りやクーペを置いてある場所も見張ってます。娘はもうクーペを乗りまわせませんよ」

マッキャンはむっつりと付け加えた。

「まあ、いざとなれば、彼女は箒にまたがらないともかぎりませんが」

私は唐突に話の流れを変えた。「マッキャン、わたしはこのマダム・マンディリップと話をしに行く。きみにもついてきてもらいたい」

「先生のそばにぴったり張りついてるようにしますぜ。銃に手をかけてね」

「いやいや、わたしは一人でマンディリップに会うつもりだ。きみには外から店内の様子に目を光らせてほしいんだよ」

マッキャンはこの考えが気に入らず、不服を唱えていたが、最後にはしぶしぶながら受け入れた。

私は診療所に電話をかけた。ブレイルに状況を訊くと、リコリが驚異的なスピードで回復してきていると言う。往診を頼まれたということにして、今日このあとのことはブレイルにまかせた。電話をリコリの部屋につながせた。電話口に出た看護師を通じて、リコリに、マッキャンが私といること、二人である線を追って調べているところで、その成果については、私が戻ってから報告するつもりだということ、それと、リコリさえよければ、午後ずっとマッキャンを手元に置かせてほしいと思っていることを伝えた。

看護師を介したリコリの返事は、マッキャンは自分の命令に従うのと同じように、私の命令にも従うはずだということだった。リコリは直接私と話をしたがったが、それは避けたかった。私は急いでいるからと言い置いて、電話を切った。

私は豪勢なランチをたっぷり摂った。そうしておくことで、幻影を自在に操れる女と会っても、現実に——それとも、私が現実だと考えているものに——しっかりしがみついていられるような気がした。マッキャンは奇妙なほど静かで、なにごとかに気をとられていた。

マダム・マンディリップに会いに出かけようとしたとき、時計が三時を打った。

第十三章　マダム・マンディリップ

私は人形作家の店のショーウインドーの前に立って、すぐにも踵《きびす》を返して立ち去りたいという衝動をなんとか抑えようとした。マッキャンが目を光らせてくれているのはわかっている。リコリの部下たちが向かいの建物から見張っていることも、通行人に交っているのも知っていた。高架線を走る列車のにぎやかな音や、バッテリー公園の周辺を行き交う車の音、通りの様子もどこといって変わったところはなかったが、人形作家の店だけは、包囲された要塞のような感じだった。私は、未知の世界へ通じるドアを前にしているかのように、店の前でおののきを感じながら立っていた。

ショーウインドーに飾られている人形は数えられるくらいしかなかったが、どれもありふれたものではなく、子供はもとより大人も目を引きつけられるほどのものだった。ウォルターズがもらっていた人形や、ギルモア家で目にした二つの人形に比べれば見劣りはするものの、それでも人をとりこにする力を持ったすばらしい出来だ。店内はやわらかな光に包まれていた。ほっそりとした娘がカウンターの中で立ち働いている。マダム・マンディリップの姪ラシュナにちがいない。店の大きさは、ウォルターズが日記に書いていたような堂々とした部屋が奥にあるとはとても思えないものだった。とはいえ、このあたりは古い建物ばかりで、店の奥の方は隣とつながっているのかもしれなかった。

きっぱりと、そして腹立たしげに、私はぐずぐずするのをやめた。

店のドアを開けて、中へ入っていった。

私が店に足を踏み入れたとたん、ラシュナが振り向いた。カウンターに近づいていく私をじっと見つめる。声をかけることもない。私は素早く彼女を観察した。一目で、解離性障害だとわかる。これまで診てきた中で、最も典型的な例だ。ひときわ淡い青色の目は、どことなく焦点が合っておらず、瞳孔が広がっている。長く、細い首に、やや丸い印象の顔。青白いほどの肌に、長くほっそりとした指。ラシュナは手を固く組み合わせており、その手がいかにもしなやかそうなのが見てとれる——どの点からいっても、解離性障害のうち、フランスの著名な精神科医の名がついたレーニエル - ラヴァスチン症候群にあてはまった。時代や状況が違っていたら、この娘は女司祭か、予言者か、聖者にでもなっていただろう。

ラシュナは恐怖にとらわれていた。その点は間違いない。だが、彼女が恐れているのが私でないことは確かだ。むしろ、ラシュナの存在の根本となるところにとぐろを巻いて横たわり、彼女の精気を吸いとっている、なにか深くて異質な恐怖——霊的な恐怖と言ったほうがいいだろう。私はラシュナの髪に目を留めた。淡い灰白色……その色は……結び目のある紐となっている髪の色だった！

私が髪を見つめているのに気づくと、ラシュナの淡い色の目はぼんやりとした印象が消えて、警戒に満ちたものになった。彼女は初めて私の存在を意識したようだ。私はできるだけさりげなく言った。

「ショーウインドーに飾ってある人形が目に留まってね。うちの小さな孫娘が気に入るんじゃないかと思うんだ」

「人形はみんな売り物です。お気に召すものがありましたら、どうぞお買い求めください。お値段はごらんのとおりです」

ラシュナの声は低く、ささやいていると言ってもいいほどで、売る気も感じられない。だが、目つきは鋭さを増したように思えた。

「そうだな」私はいささか怒ったふりをした。「通りがかりの客なら、そうするかもしれん。だがね、この子はわたしのお気に入りの孫なのだ。最高の人形を買ってやりたいんだよ。もっとほかの人形が、できればもっといい人形があるなら、見せてもらうわけにはいかんかね?」

一瞬、ラシュナの視線が揺れた。私には聞こえないなにかの音に耳を澄ませているかのようだ。急に、やる気の感じられなかった態度が、丁寧な物腰に変わった。まさにその瞬間、別の目が私を見つめ、観察し、さぐっているような気がした。その感覚がとても強かったので、思わず振り向いて、店内を見まわす。店にはラシュナと私のほか、誰もいなかった。カウンターの端にドアがあるが、軽く閉じられている。マッキャンがのぞきこんでいるのかと思って、ショーウインドーに視線を走らせたが、人影がなかった。

やがて、カメラのシャッターが下りるように、視線が感じられなくなった。私はラシュナの方に顔を戻した。彼女はカウンターに箱を六つ並べて、その箱を開けはじめている。目を上げた彼女は、すなおな、愛らしいとさえ言えるまなざしで私を見つめた。ラシュナが言った。

「ええ、もちろん、お店にあるものはすべてお見せいたします。わたしの態度がお客様を失望させてしまったのでしたら、お詫びいたします。人形をつくっているのは、わたしの伯母でして、それは子供が大好きなんです。同じように子供がお好きなお客様をがっかりさせてお店からお帰しするなんて、伯母が許しませんわ」

どこか違和感のある、妙に不自然なしゃべり方だった。なんというか、誰かがしゃべったことを、復唱しているような感じなのだ。けれども、それ以上に私の好奇心をかきたてたのは、ラシュナ自身に起きた微妙な変化だった。声が物憂げなものではなくなっていた。生気にあふれて力強い声だ。それまで無気力でやる気のなかった彼女が、今は生き生きとして、いくぶん陽気にさえなっている。顔色がよくなり、目からぼんやりした気配が消え、かすかに小馬鹿にしたような、だがそれよりもどこかからかうようなきらめきが、その目の中に生まれていた。

私は人形を一つひとつ丁寧に見ていった。

「どれもすばらしい」私はようやく言った。「だが、ここにあるのが、この店の最高の人形なのかね？　はっきり言うと、今日はかなり特別な日でな――孫娘の七歳の誕生日なのだ。値段は、むろん、それに見合うものであれば問題ではない――」

ラシュナが吐息を漏らすのが聞こえた。私は彼女を見つめた。淡い色の瞳に、恐怖につかれたような気配が戻ってきて、からかうようなきらめきが消える。頬から赤みも消えた。突然、またしてもあの見えない目に、先ほどよりも強く見つめられるのを感じた。そしてまた、シャッターが下りるようにその気配は消えた。

カウンターの横のドアが開いた。

ウォルターズがマダム・マンディリップの人相や特徴を記していたので、並み外れたものとわかっていたにもかかわらず、その風貌に私は衝撃を受けた。背の高さや重量感は、すぐそばの人形や、ほっそりとしたラシュナのせいで、いっそう際立って感じられる。戸口に立って私をじっと見つめているのは、まさに大女だった――ぼってりとした顔に、広くて高い頬骨、上唇の上の口ひげ、分厚い唇は、いかにも男性的で、豊かな胸とひどくちぐはぐだ。

ところが、マダム・マンディリップの目をのぞきこんだとたん、顔や体つきから受けていた異様な印象が吹き飛んだ。大きな目は、黒くきらめき、澄みきっていて、面食らうほど生気に満ちている。それらはあたかも二つの生命の根源で、身体とは別物ででもあるかのようだ。そこから活力が奔流となってあふれ出し、私は全身に、邪悪な気配はまったくない――少なくとも、そのときは――温かなうずきが広がっていくのを感じた。

私はやっとの思いで、マダム・マンディリップの目から視線を引き離した。その目を彼女の手に向ける。彼女は全身黒ずくめで、手はたっぷりとしたドレスのひだに隠れていた。視線を彼女の目に戻すと、先ほどラシュナの目に表れていた、小馬鹿にしたようなきらめきが、その中に見てとれる。マダム・マンディリップが口を開いたとき、ラシュナの声の中に聞き取った生気にあふれて力強い声は、この女の甘く、深みのある声の反響だったのだとわかった。

「姪がお目にかけたものでは、ご満足いただけなかったのでしょうか？」

私は気を引き締めて、返事をした。

「どれも美しい人形ばかりですよ、マダム――？」

「マンディリップです」人形作家は穏やかな口調で言った。「マダム・マンディリップ。ご存じなかったのでしょうか？」

「わたしはついていなくてね」あいまいに答える。「孫娘がいるんだよ――まだ小さな子供の。その孫の七歳の誕生日に、あっと驚くほどすばらしいものを贈ってやりたいのだ。見せてもらった人形はみな美しい――だが、ほかになにかもっと――」

「なにか――ほかにはないもので――」マンディリップは言葉に余韻を残しながら言った。「もっと美しいもの。ええ、たぶんあると思いますわ。ただ、特別なものをお目にかけるときは――」彼女は間違いなく言葉を強調した。「お客様がどういう方なのか、知っておきたいんですの。おかしな店主だとお思いでしょうね」

マンディリップは笑って、その笑い声のみずみずしさ、若々しさ、奇妙に甘くくすぐったい感じに、私は驚嘆した。

私は必死の努力で自分を現実に引き戻し、あらためて気を引き締めた。名刺入れから名刺を取り出した。自分の名刺を渡して正体を知られるのは避けたかった。かといって、別の誰かに注意を向けさせ、彼女に危害を加えられでもしたら大変だ。そこで、ずいぶん前にこの世を去った友人の医師の名刺を持ってきたのだった。マンディリップはその名刺にちらりと目をやった。

「まあ、お医者様でしたのね。これでお互いの自己紹介も終わりましたし、奥にいらしてくださいな、わたくしの最高の作品をお目にかけますわ」

マンディリップの案内で、私は戸口を通り、広く薄暗い廊下へ出た。腕に手を置かれた瞬間、またあの奇妙な活気に満ちたうずきを感じた。彼女は別のドアの前で足を止めて、私に顔を向けた。

「最高の作品はここに保管していますの。わたくしの――最高傑作を！」

もう一度マンディリップは笑い声をあげると、ドアを大きく開いた。

私は戸口を抜けたところで立ち止まり、部屋を見渡して、不安に襲われた。ウォルターズが書いていたような、魅惑に満ちた広い部屋ではなかった。確かに、外観から予想したよりは広さがある。だが、歳月を感じさせる美しい鏡板や年代物のタペストリー、〝澄みきった巨大な水の玉を半分にしたもの〟のような魔法の鏡、彼女に天国のようだと思わせた諸々の品はどこに行ったのだ？

四方を囲まれ、木も花も植わっていない狭い庭に面して窓があった。その窓の半分ほど開いているカーテンから光が差し込んでいる。壁も天井も、染みの浮いたごく普通の板張りだ。一方の突き当たりには、木製の扉のついた作り付けの小さなキャビネットがずらりと並んでいる。壁には鏡が掛かっていた。確かに円形だ――だが、ウォルターズの日記に書かれていた鏡と共通するのはその一点だけだ。

暖炉もあったが、なんの変哲もない、ニューヨークの古い家ならどこにでもありそうなものだ。

壁にはポスターが何枚か貼られている。ウォルターズが〝貴族の食卓〟を連想した大きなテーブルは、取り立てて珍しいものでもなく、さまざまな段階にある作りかけの人形の衣装で散らかっていた。

私の中の不安が広がっていく。ウォルターズがこの部屋のことをロマンチックに誇張して書いていたのだとすれば、日記のほかの部分も、事実とは異なるかもしれない――少なくとも、私が最初に読んで思ったように、豊かな想像力が生み出したものかもしれないのだ。

だが――ウォルターズは、マダム・マンディリップの外見や、姪の特徴も、誇張していない。マンディリップの目や声については、ありのままに書いている。また、マンディリップの声で考えが中断されて、私は我に返った。

「わたくしの部屋がそんなに興味をそそりますか？」

彼女の口調はやわらかかったが、どこか密かにおもしろがっているように思えた。

「真の芸術家の仕事場というものには、興味をかきたてられますね。そして、あなたは誠の芸術家だ、マダム・マンディリップ」

「あら、どうしてそんなことがおわかりになるんですの？」マンディリップは考え込むように訊いた。

失言だった。私は慌てて言いつくろった。

「これでも美術愛好家でしてね。あなたの人形を何点かお見かけしたことがあるんですよ。たとえば、ラファエロが巨匠だとわからせるのに、彼の作品で美術館を埋め尽くす必要はありません。一枚の絵で事足ります」

マンディリップは、これ以上はないというほど親しみのこもった笑みを浮かべた。私の背後でドアを閉めると、テーブルのそばにある椅子を指し示した。

「人形をお目にかける前に、少しお待ちいただけないでしょうか。仕上げなければならないドレスがあるんですの。約束したものでしてね、その約束相手の子供さんが、もうすぐ来るんです。それほど時間はかかりませんわ」

「もちろん、かまいませんよ」私は答えて、椅子に腰を下ろした。

マンディリップがそっと言った。「ここはとても静かですの。あなたは疲れておいでのようですわ。きっととても忙しくなさってらっしゃるのでしょう? お疲れなんですよ」

私は椅子の背にゆったりともたれた。突然、自分が疲れ切っていることを意識した。ほんのつかの間、警戒心が緩んで、目を閉じた。目を開けると、マンディリップはもうテーブルの前の椅子に座っていた。

ようやくマンディリップの手が見えた。長く、繊細で、白いその手は、私がこれまで目にしてきた中でも、最も美しい。マンディリップの目が、それそのものに生命が宿っているように思えたのと同じで、彼女の手も、身体とは別の生き物のような感じだ。彼女は両手をテーブルの上に置いた。優しく撫でるような声で、またしゃべりはじめた。

「ときおり、静かな場所にいらっしゃるのはよいことですわ。くつろげる場所に。人はくたびれてくるものです――くたびれてへとへとに。とても疲れて――疲れ果ててしまうのです」

マンディリップは小さなドレスをテーブルから取り上げ、縫いはじめた。一方の手で小さなドレスを返したり、向きを変えたりしながら、長く白い指が針を進めていく。その長く、白い手の動きはなんともみごとで……リズムを刻んでいるような……歌っているような……眺めているだけで、安らかな気持ちになる！

低く甘い声で、マンディリップが言った。

「ええ、そう――ここは外の世界のものとは無縁ですわ。あるのは、静けさと――平穏と――安息――」

リズミカルに針を進める長くて繊細な指から、緩やかに踊るような手の動きから、私はしぶしぶ視線を離した。とても安らかな気持ちだ。マンディリップがやわらかく、優しいまなざしを私にそそいでいる……彼女の言う静けさに満ちている。

少しくらい身体を休めるのも悪くあるまい。避けられない闘いに備えて、英気を養っておくのだ。それに、私は疲れている。こんなにもくたびれていたとは、気づきもしなかった！　私はマンディリップの手に視線を戻した。不思議な手だ――目や声にも増して、あの大柄な身体とは釣り合っていない。

ひょっとして、本当に別物なのではないだろうか！　あの巨体は、本来の身体を包んでいるコートにすぎないのかもしれない。そして、手と目と声は、その本来の身体のものなのだ。ゆったりとしたリズムで動く手を見つめながら、そのことをじっくりと考えてみた。本来の身体はどんなものなのだろう。手や目や声と同じように美しいのだろうか。

マンディリップが耳慣れない旋律をハミングしている。眠気を誘う、子守歌のような曲だ。その旋律は、私の疲れた神経を伝って、疲弊している脳に入り込み——少しずつ眠りを引き出し……まぶたを重くする。眠りを紡いでいる手のように。眠りを私にそそいでいる目のように——

眠りなさい！

私の中でなにかが憤然とがなりたてていた。目を覚ませ、眠気を振り払えと命じている！　必死にもがいてなんとか意識の表面に浮き上がろうとしながら、私は自分があの奇妙な眠りに誘い込まれていたにちがいないと悟った。そして、眠りから完全に覚める直前、ウォルターズが見たと思われる部屋が目に映った。

広々として、やわらかな光に満たされ、壁には年代物のタペストリーが掛かり、鏡板が貼られ、彫刻が施された衝立《ついたて》の向こうにはなにかが潜んでいて、笑っている——私を笑っているのだ。一方の壁には、鏡が掛かっていた——澄みきった巨大な水の玉を半分にしたような鏡で、その表面に映った円形の枠の彫り物が、森の中の澄んだ淵に映る周辺の草木のように揺らいでいる！

その魅惑に満ちた部屋が揺らめいたように思え——次の瞬間、消えた。

私はマンディリップに案内された部屋の中にいて、ひっくり返った椅子のそばに立っていた。マンディリップが触れられそうなほど近くにいる。腑に落ちないといった様子で怪訝そうに私を見つめているまなざしには、いささか悔しさもにじんでいるように感じた。彼女の様子に、私ははっとした——まるで、思いがけなく中断された人間のようだ——

中断！　マンディリップはいつ席を立ったのだろう。私はどのくらい眠っていたのか。眠っている間に、この女は私になにをしたのだ？　あの必死のあがきでマンディリップが張った罠から抜け出ていなければ、この女はなにをしていたはずだったのだ？

私はしゃべろうとし——だが、声が出なかった。口がきけず、怒り狂い、屈辱にさいなまれながら、その場に突っ立っていた。ずぶの素人のように罠にかかってしまったのだ——警戒を怠ることなく、あらゆる動きに猜疑の目を向けるべきだったこの私が。声と目と手の動きでとらえられ、暗示を繰り返しかけられて……そう、私はひどく疲れていると……ここは平穏だ……眠れ……眠れと……。私が眠っている間に、この女は私になにをしたのだ？　なぜ私は動けないのだ？　眠りの罠からもがき出るのに、ありったけの精力を使い果たしてしまったかのようではないか！　ぴくりとも動かず、無言で、消耗しきって、立っている。いくら意志が命じても、筋肉一つ動かない。意志が、衰弱しているその手を筋肉に伸ばすが——届かない。

マダム・マンディリップが声をあげて笑った。奥の壁に並んでいるキャビネットへと歩いていく。私はなすすべもなく、その動きを目で追った。全身の筋肉はやはり一ミリたりとも動かせない。マンディリップがばねを押すと、キャビネットの扉がばたんと開いた。

キャビネットには、子供の人形が入っていた。愛らしい顔の幼い少女で、にっこり笑っている。私は心臓が痺れたように感じた。人形がその小さな両手で握りしめているのは、短剣のようなピンだったからだ。リトル・モリーの腕の中で動きだしたのは、この人形にちがいなかった……ベビーベッドの枠を乗り越え……スキップでベッドに近づいて、ピンを突き刺し……

「わたくしの最高傑作の一つですわ！」マンディリップが痛烈なあざけりに満ちた目を私に向

けた。「いい人形ですのよ。ちょっとうっかり屋さんのところもありますけど。遊びに行って、教科書を忘れてきたりしますから。ですけど、言うことをとてもよく聞いてくれるんです！　あなたのお孫さんに、この子はいかがかしら？」

マンディリップはまた声をあげて笑った――若々しく、ぞくりとするような、邪悪な笑い声だ。その瞬間、リコリの言うとおりだと悟った。この女は殺さなければならない。マンディリップに飛びかかろうと、意志の力を総動員した。それでも、指一本動かせなかった。

長くて白い手が隣のキャビネットをさぐって、隠されたばねを押した。痺れたようになっていた心臓が、冷たい氷の手でつかまれたみたいに感じた。キャビネットの中から私を見つめているのは、ウォルターズの人形だった！　しかも、磔《はりつけ》にされている！

どこをとっても完璧で、とても――生命感にあふれる人形だった。ウォルターズ本人を、縮小して見えるレンズでのぞいているかのようだ。人形とは思えず、ウォルターズとしか考えられなかった。看護師の制服に身を包んでいる。看護師帽はかぶっておらず、黒い髪が乱れて顔にかかっていた。両腕をいっぱいに広げられ、どちらの手のひらにも小さな釘が打ち込まれて、手がうしろのキャビネットに留められている。むきだしの両足は一つに重ねられて、その甲にも釘が打ち込まれていた。世にもおぞましく、冒瀆的な光景を完成させているのは、人形の頭の上に掲げられた小さな啓示板だった。そこに書かれている文字を読んだ。

『火刑の殉教者』

マダム・マンディリップが、地獄の花から集めた蜂蜜みたいな声で、つぶやくように言った。

「この人形はふるまいがよくなかったのです。反抗的でしてね。お行儀がよくない人形には、お仕置きをすることにしていますの。ですけど、どうもあなたには刺激が強すぎたみたいですわね。ええ、お仕置きも、もうこのくらいでいいでしょう――さしあたりは」

長く白い手をそっとキャビネットに伸ばして、手と足から釘を引き抜いた。マンディリップは人形をまっすぐ立たせて、背後のキャビネットに寄りかからせると、私に顔を向けた。

「あなたのお孫さんに、この子はいかがかしら？　あら、いけない！　この子はお売りできないんでしたわ。もう一度わたくしの手から放す前に、きちんとしつけておきませんと」

マダム・マンディリップの口調が、不快な甘ったるいものから、威嚇のこもった噛みつくようなものへと変わった。

「お聞きなさい――ドクター・ローウェル！　あら――わたくしが気づいてなかったとでも思うの？　最初から正体はわかっていたわ。あなたにもよくわからせてあげる必要があるわね！」

私を見据えていた彼女の目が燃え上がった。

「肝に銘じておきなさい――間抜けな先生！　心というものを治療できるつもりでいるんだから――そのくせ、心がどういうものか、少しも理解していない。ええ、まったくね。心も、血や肉や神経や骨といった人体の一部にすぎないと考えていて、そこになにが棲んでいるのか、知りもしないのよ。試験管に入れて検査できるものや、顕微鏡で見えるものしか、その存在を認めないんだから。生命を化学酵素くらいに考えて、意識は細胞がつくり出すとでも思っている。無知もいいところだわ！　それがずうずうしくも、あのひとでなしのリコリと、わたくしの邪魔をし、わたくしのすることに干渉し、わたくしを密偵で取り囲もうとするとは！　わたくしが持つ太古からの知識に比べれば、あなたの科学なんて空疎もいいところなのに、そのわたくしを脅すとは！　あなたはばかよ！　わたくしは、心に棲んでいるものを知っているのよ——心から引っ張り出す力も——その奥に棲んでいるもののこともね！　わたくしが呼べば来るのよ。それなのに、あなたの吹けば飛ぶような知識で、わたくしに対抗しようだなんて。恥を知りなさい！　わたくしの言うことがわかったかしら？　返事をなさいな！」

マンディリップが私に指を突きつけた。とたんに、こわばっていた喉の緊張が解けるのが感じられ、再びしゃべれるとわかった。

「この性悪女！」私はしわがれ声で言った。「人殺しめ！　わたしが片をつけるまでもなく、電気椅子行きだ！」

笑いながら、マンディリップが近づいてくる。

「わたくしに法の裁きを受けさせようというの？　でも、誰があなたの話を信じるかしら？　信じる者なんていやしないわ！　あなたたちの科学が広げて大きくしてくれた無知が、わたくしの楯となる。頭から否定することが、わたくしの鉄壁の要塞となるのよ。さあ、行って、自分の患者でも診てなさい、愚か者！　患者を相手にしていればいいのよ！　これ以上、わたくしにかかわらないちょうだい！」

マンディリップの声がぐっと抑えたものになった。

「これだけは言っておくわ。生きていたかったら、大切に思う者を生かしておきたかったら

――密偵を引き揚げさせなさい。あなたにリコリを助けることはできない。あの男はわたくしのものよ。でも、あなたのことは――忘れてあげてもいいわ。金輪際、わたくしのことに首を突っ込まないで。密偵にはなんの心配もしていないけれど――目障りなのよ。だから、引き揚げさせてちょうだい。すぐに。日が落ちてもまだ見張っているようなら――」

マンディリップが、あざになるほどの力で私の肩をつかむ。そして、ドアの方へ押しやった。

「さあ、行きなさい！」

私は躍起になって、自分を奮い立たせよう、腕を上げようとした。腕を上げられれば、猛り狂った獣になったつもりで、マンディリップを殴り倒していただろう。腕は動かなかった。自動人形のように、部屋を横切り、ドアの前まで歩いていった。マンディリップがドアを開けた。

キャビネットの方から、布がこすれるような妙な音が聞こえてきた。私はこわばった首をそちらへねじ向けた。

ウォルターズの人形が前に倒れていた。キャビネットの端から上半身を乗り出す格好になっている。両腕が揺れていて、一緒に連れていってくれと懇願しているかのようだ。手のひらに、磔にされていたときの釘の跡が見てとれた。目が、じっと私を見つめて――

「行きなさい！」マンディリップが言った。「そして、忘れるんじゃないわよ！」

私はこれもぎこちない動きで廊下を歩いていき、店に出た。ラシュナが恐怖をいっぱいにたたえた、ぼんやりとした目で、私を見つめる。私は背中を手で容赦なく押されているかのように店内を進んでいき、正面のドアから通りに出た。

マダム・マンディリップの人を小馬鹿にした邪悪な甘ったるい笑い声が聞こえたような気が
——いや、確かに聞こえた。

第十四章　人形作家の攻撃

通りに出たとたん、意志の力が戻ってきて、身体も動かせるようになった。たちまち強烈な怒りが込み上げてきた私は、踵を返すと、店に引き返した。ところが、ドアまであと三十センチというところで、見えない壁にぶつかったかのように、前に進めなくなった。足を踏み出すことはおろか、ドアに触れようと手を上げることもできない。意志が働かないというよりも、脚や腕が意志に従うのを拒んでいるような感じだった。どういうことなのか、ぴんときた――尋常ならざるたぐいの後催眠暗示によって、私はマダム・マンディリップの前で身じろぎ一つできなかったり、彼女の仕事場から自動人形のように出ていかされたりしたが、これもそうなのだ。マッキャンが近づいてくるのに気づいて、彼を店に入らせ、マダム・マンディリップを撃ち殺させようかという、とても正気とは思えない考えが頭をよぎった。だが、すぐに分別が戻ってきた。そんなふうに殺しても、合理的な理由はつけられないし、マンディリップへの脅し文句に使った電気椅子に、こっちが座らされることになるだけだ。

マッキャンが声をかけてきた。「気を揉んでたんですぜ、先生。今まさに店へ入ろうとしていたところでした」

「帰るぞ、マッキャン。できるかぎり早く家に帰りたい」

じっと私の顔を見つめてから、マッキャンは口笛を吹いた。

「一戦交えてきたみたいな顔をしてますよ、先生」

「交えてきたんだよ。勝利をおさめたのは、マダム・マンディリップのほうだが――今日のところは」

「ずいぶん静かに出てきましたね。マンディリップと激しくやり合っていたボスとは大違いだ。なにがあったんですか？」

「あとで説明するよ。とにかく、少しの間そっとしておいてくれ。考えたいんだ」

考えたいというのは口実で、実際は冷静さを取り戻したかった。私の心は、目がよく見えないまま、触れられるものを求めて手探りしているような状態だった。不快きわまりない蜘蛛の巣に絡め取られ、逃げ出しはしたものの、切れた蜘蛛の糸が身体にまつわりついている感じなのだ。私たちは車に乗り込んで、どちらも黙ったまましばらく走った。やがて、マッキャンが好奇心を抑えられなくなった。

「それはそうと、先生はマンディリップのことをどう思ったんですか？」

訊かれたときには、心の準備が整っていた。これまでの人生で縁のなかった、極度の不快感や冷え冷えとした憎悪、消しがたい殺意を、私はマンディリップに抱いていた。いやというほどプライドを傷つけられていたが、そのせいではなかった。人形の店の奥にある部屋には、禍々しいものが巣くっていると確信したせいだ。マンディリップには、リコリの信じている地獄からまっすぐやってきたかのように、人間らしさに欠けた異質な邪悪さがあった。あんな邪悪さに、折り合えるはずもなかった。その邪悪さが凝縮した女にも。

「マッキャン、世界広しといえど、マンディリップほど邪悪な存在はないぞ。あの店にいる若い娘――ラシュナというんだが、もう二度と見失うようなことがあってはいけない。ゆうべ、彼女は目撃されたことに気づいていると思うかね？」

「どうでしょうか。おれは気づいてないと思いますが」

「店の前後の監視の数をすぐに増やしてくれ。マンディリップたちがいやでも気づくように、これ見よがしにな。ラシュナが目撃されたことに気づいていなければ、連中は、われわれが別の出入口のことは知らないと考えているはずだ。店の表であれ裏であれ、ラシュナが隙を突いて抜け出しているように思い込んでいるとな。クーペを置いてある通りの端に、車を一台ずつ配置させてくれ。こっちはマンディリップたちに疑いを持たれないよう、慎重にやってほしい。ラシュナが姿を見せたら――」

マッキャンが訊く。「どうするんです？」

私はためらった。

「つかまえてほしい――誘拐する、拉致する――どう呼んでもいいが。とにかく、人知れずやってほしいのだ。どうやるかは、まかせるよ。わたしよりきみらのほうがずっと心得ているだろう。素早く、密かにやるんだ。だが、あまり店の近くではだめだ――できるだけ離れた場所で頼む。必要なら、猿ぐつわをして、縛り上げてもいい。だが、つかまえるんだ。そのあと、クーペの中を徹底的に調べてくれ。ラシュナはわたしの家に連れてきてほしい――クーペからなにか見つかったなら、それも一緒に。わかったかね？」

「ラシュナが姿を見せたら、つかまえます。先生は尋問するおつもりなんですか？」

「そう――それと、ほかにもちょっとね。わたしはマンディリップがどう出るかを見たいんだ。われわれが合法的にあの女をとらえられるような行動に出るかもしれん。法の手が及ぶところまで、あの女を引きずり出すのだ。マンディリップには、ほかに姿を見せていない手先がいないとも限らないが、まずは目に見える者をあの女から取り上げたい。そうすることで、ほかの手先が姿を現すかもしれないからな。少なくとも、あの女の力をそぐことにはなる」

目を丸くして、マッキャンが私を見た。

「先生はあの女にこっぴどくやられたみたいですね」

「やられたよ」私はぶっきらぼうに答えた。

マッキャンは言おうかどうしようか迷っていた。

「先生はこのことをボスにお話になるんですか？」結局、彼は尋ねた。

「話すかもしれないし、話さないかもしれない――今夜のところは。リコリの状態しだいだ。どうしてそんなことを訊くんだね？」

「まあ、誘拐のようなことをするなら、前もってボスのお耳に入れておくべきかと思いまして」

私はぴしゃりと言った。「マッキャン、リコリからの伝言を伝えたはずだぞ。きみはリコリの命令に従うのと同じように、わたしの命令にも従うということだった。わたしは命令を出したのだ。すべての責任はわたしが負う」

「わかりました」マッキャンは答えたものの、懸念が拭いきれていないのが見てとれた。

リコリは目覚ましい回復をしているようだから、マダム・マンディリップと会って、なにがあったのかを話していけないということはない。だが、ブレイルにはだめだ。彼とウォルターズは、思いのほか、深い愛情で結ばれていた。磔《はりつけ》にされていた人形のことなど——それも、今なお、人形ではなく、ウォルターズ本人が磔にされていたとしか思えないことなど、教えられるはずがない。教えたら最後、ブレイルがマンディリップに仕返しするのを止められはしないだろう。そんなことにはなってほしくない。

だが、リコリに対しても、詳しく説明する気にはとてもなれなかった。ブレイルにも、ウォルターズの人形のこと以外でも、やはり話したくない。それに、どうしてマッキャンにも同じように感じるのだろうか。きっと虚栄心を傷つけられたからだ。

車が私の家の前で止まった。車から降りる前に、私は先ほどの命令を繰り返した。マッキャンはうなずいた。

「まかせてください、先生。娘が出てきたら、つかまえますから」

家に入った私は、夕食後まで来られないというブレイルからのメモを見つけて、ほっとした。ブレイルにあれこれ訊かれたくなかった。看護師に確認すると、リコリは眠っているが、驚くほどの速さで体力を取り戻してきているという。私は、リコリが目を覚ますようなら、食事のあとで行くという伝言を残した。そして、横になって、食事まで軽く寝ておこうとした。

眠れなかった——緊張が緩んでまどろみかけるたびに、マンディリップの顔が浮かんできて、眠気が吹き飛んでしまうのだ。

七時になったとき、私は起き上がって、おいしい食事を腹いっぱいに詰め込み、ワインも普段の倍以上の量を飲んで、強いコーヒーで締めくくった。席を立ったときには、すっかり気分もよくなり、頭が冴え、自制心を取り戻していた——自分ではそう信じていた。リコリに、ラシュナをつかまえてくるようマッキャンに命じたことを伝えると心を決めていた。リコリに伝えれば、人形の店を訪ねたときのことで質問攻めに遭うだろう。そこで、前もって話す内容をまとめて

——


私は愕然とした。話せる内容がこれ以上なかったのだ！　話したいと望んでも、記憶から消えてしまった内容を人に伝えることはできない。またしても、マンディリップによる操作——後催眠暗示で、私は意志を抑えつけられていた。あの女の前で身動きをとれなくされ、自動人形のように歩いて店を出ていかされ、店に入り直そうとしてもできなかったのと同じ現象だ！

ほんのしばらくうとうとしていた間に、マンディリップは、私がしゃべってもいいこととといけないことを指示していたのだ。

天使のような顔をした子供の人形のことや、ギルモアの命をあっけなく奪った短剣めいたピンのことはしゃべれない。ウォルターズの人形のことや、その人形が磔にされていたことも話せない。私たちがマンディリップにたどり着くきっかけとなった何件もの死亡例が、あの女のしわざだと暗に認めたことも漏らせない。

だが、こう気づいたことで、私はいっそう気分がよくなっていた。ついに、私が手探りしつづ

けてきた理解が及ぶもの――確かな存在感のあるものが見つかったのだ。魔術でもなければ闇の力でもなく、私の科学の領域に含まれるものが。私は同じことを数え切れないほど患者に行ってきた。同じ後催眠暗示によって、患者の心をあるべき状態に戻してきたのだ。

さらに、そうしようと思えば、私にはマンディリップの暗示を自分の中から消す手立てもある。そうするべきだろうか。暗示は消さないと頑なに決めた。そんなことをすれば、自分がマンディリップを恐れていると認めることになるではないか。確かに、憎んではいる――だが、恐れてはいない。マンディリップのやり口がわかった今、自分を被験者として、その経過を観察しない手はないだろう。私はあの女がかけた暗示のすべてを経験したのだ――ほかに私の心に植えつけようとしていたものがあったとしても、予定外に私が目を覚まして、頓挫したはず――

それにしても、マンディリップが私を愚か者と呼んだのは、そのとおりだったな！

ブレイルがやってきたとき、私は冷静に顔を合わせることができた。ブレイルに挨拶の言葉もろくにかけないうちに、リコリについている看護師から、彼が目を覚まして会いたがっていると連絡が入った。

私はブレイルに言った。「ちょうどいい。一緒に来てくれ。同じ話を二度繰り返さなくてすむ」

「どんな話ですか？」

「マダム・マンディリップと会ったときの話だよ」

ブレイルは信じられないといった面持ちになった。「お会いになったんですか！」

「今日の午後、マンディリップと一緒だったんだよ。じつに興味深い女だ。一緒に来て、話を聞いてくれ」

私は先に立って早足で別館へ向かい、ブレイルの質問には耳を貸さなかった。リコリはベッドの上で起き上がっていて、私は簡単に診察した。まだいくらか身体が弱っているものの、リコリは退院させてもいいほどになっている。本当に目覚ましい回復ぶりに賞賛の言葉を贈ったあと、ささやくように告げた。

「きみの魔女に会って、話してきたよ。聞かせたいことが山ほどある。きみの部下に、病室の外で見張るよう言ってくれないか。看護師にもしばらく席を外させる」

見張りと看護師が出ていくと、私は今日あったことを、マッキャンに呼ばれてギルモア家へ行ったところから説明しはじめた。モリーの話をしている間、リコリは厳しい表情で耳を傾けていた。話が終わると、彼は言った。

「兄貴の次は亭主か！　モリー、なんてかわいそうに。この敵はきっと討ってやるからな！　ああ、そうとも、絶対にな！」

マダム・マンディリップと会ったときのことはごく簡単にまとめて話し、マッキャンに頼んだ内容をリコリに伝えた。

「だから今夜のところは、高枕で眠れるよ。ラシュナが人形を持って出たら、マッキャンがつかまえてくれる。ラシュナが出かけなければ、なにも起こらない。ラシュナがいなければ、マンディリップには手も足も出ないはずだ。きみが賛成してくれるといいんだがね、リコリ」

リコリはしばらく私をじっと見つめた。

「ええ、賛成しますよ、ローウェル先生。全面的に支持します。わたしも同じ命令を出していたでしょう。ですが――先生は、ご自身と魔女との間であったことをすっかり話してくださっていないように思うんですよ」

「ぼくもそう思います」ブレイルも言った。

私は立ち上がった。

「いずれにしても、重要な点については話したよ。それに、わたしはくたくたなんだ。風呂に入って、寝ることにするよ。もう九時半だしね。ラシュナが出てくるにしても、十一時より前ということはないだろう。きっともっと遅い時間だ。マッキャンが彼女をつかまえてくるまで休むよ。マッキャンが来なければ、朝まで眠る。それまでだ。質問は朝にしてくれ」

リコリはさぐるような目で私を見つめつづけている。やがて口を開いた。

「ここでお休みになったらどうですか？　より安全じゃありませんか」

私は激しい苛立ちに襲われた。マンディリップに対する自分の態度や、私を出し抜いたあの女の手口で、私の自尊心はもうずたずただった。そこへ、マンディリップから身を守るために彼のボディーガードのうしろに隠れるよう言われ、傷口を大きく広げられた感じだったのだ。

「わたしは子供じゃないんだ」私は憤然と言葉を返した。「自分の面倒くらい自分で見られる。ボディーガードの陰に隠れて生きるような必要はない――」口にしたとたんに悔やんで、私はそれ以上続けるのをやめた。だが、リコリは気分を害したそぶりは見せなかった。うなずくと、枕に頭をつけた。

「わたしが知りたかったことは、教えてくださいました。魔女を相手に、ひどくいやな経験をなさったんでしょう、ローウェル先生。まだ話してくださっていない重要なことがありますね」

「すまない、リコリ!」

「いいんですよ」初めて、リコリがほほえんだ。「よくわかります。わたしもある種の心理学者ですから。ですが、これだけは言っておきます——今夜マッキャンがラシュナを連れてきてもこなくても、あまり重要じゃないんです。明日になれば、あの魔女は——娘のほうも、死ぬんですから」

私は返事はしなかった。看護師を呼び戻して、リコリの部下もまた室内で見張りにつかせた。自分にどんな自信があろうと、リコリの安全を脅かすような真似はしたくなかった。マンディリップがリコリは自分のものだと凄んだことを彼には話さなかったが、私は忘れていたわけではなかった。

ブレイルが書斎までついてきて、心苦しそうに言った。「先生はひどくお疲れになっているはずですし、お心を煩わせたくはありません。ですが、お休みになられている間、ぼくを寝室にいさせてもらえませんか?」

私はまたしても憤然とはねつけた。「いいかげんにしてくれ、ブレイル、リコリに言ったことを聞いていただろう。気遣いは本当にありがたいんだがね、やはり返事はノーだ」

ブレイルは静かに言った。「では、マッキャンが現れるか、夜が明けるまで、この書斎で起きていることにします。先生のお部屋で物音がしたら、見に行かせてもらいます。先生がご無事か確認したいと思ったときも、お部屋に入らせてもらいます。ドアに鍵をかけないでください。でなければ、ドアを壊しますよ。よろしいですね？」

私はさらに苛立ちを募らせながら、じっと無言で立っていた。

「ぼくは本気ですよ」

「わかった。では、好きにすればいい」

私は寝室へ入っていって、ドアを乱暴に閉めた。だが、鍵はかけなかった。

疲れているのは間違いなかった。たとえ一時間でも、眠れば、楽になるだろう。風呂は省くことにして、着替えに取りかかる。シャツを脱いでいるとき、心臓の上あたりに小さなピンが刺さっていることに気づいた。シャツを開いて、裏側に目をやる。結び目のある紐がピンで留められていた！

ブレイルを呼ぼうと口を開けかけ、ドアの方へ足を踏み出す。だが、そこで思いとどまった。結び目のある紐をブレイルに見せるわけにはいかない。見せれば、次から次へと質問されるに決まっている。それに、私は眠りたかった。

まいったな！　だが、眠りたいのだ！

結び目のある紐は燃やしたほうがいいだろう。紐に火をつけようと、マッチを探した——ドアへと近づいてくるブレイルの足音が聞こえ、私は慌てて紐をポケットに突っ込んだ。

「なにか用かね？」私は声をかけた。

「先生がちゃんとベッドに入られたか確かめたくて」

ブレイルがドアをわずかに開けた。彼が本当に確かめたかったのは、ドアが施錠されているかどうかだろう。私はなにも言わずに、着替えを続けた。

寝室は広くて天井が高く、自宅の二階にあった。建物の奥に位置し、書斎の続き部屋となっている。二つある窓は、どちらもこぢんまりとした中庭に面して、蔦に縁取られていた。部屋には無数のプリズム——たしか、ラスターと呼ばれる、カットグラスの長い垂れ飾り——が燭台の下部から六方向についた風格あるシャンデリアがぶらさがっていた。フィラデルフィアの独立記念館にある植民地時代風のみごとなシャンデリアの一つを小さくした複製品で、家を購入したときに、天井から取り外させず、電化させてもいなかった。ベッドは部屋の奥に置いてあり、身体の左側を下にして横になると、二つの窓から外のかすかな明かりがこぼれてくるのが目に入る。その明かりはプリズムにも反射し、シャンデリアをおぼろげに光る小さな雲のように浮かび上がらせるのだ。その光景が安らぎをもたらし、眠気を誘う。庭には古い梨の木が一本あった。ニューヨークの古きよき時代、春になると花でいっぱいの枝を太陽に向かって広げていた果樹園の最後の木だ。ベッドの足側の端のすぐ向こうにはシャンデリアが、頭側には電灯のスイッチがあった。部屋の一方には古めかしい暖炉がしつらえられ、上部は広い炉棚に、それぞれの脇は彫刻された大理石になっている。こうした位置関係を頭に刻み込んでおくと、このあとの出来事がきっちり把握できるはずだ。

着替えをすませたときには、ブレイルも私がおとなしくベッドに入ると確信したのだろう、すでにドアを閉じて書斎に戻っていた。私は魔女のはしごだという結び目のある紐をポケットから取り出して、ばかにしたようにテーブルの上へ放り投げた。どこか虚勢を張っていたのだと思う。とはいえ、マッキャンに絶対の信頼をおいていなければ、当初の意図どおり、燃やしていただろう。自分で鎮静剤を調合して飲み、明かりを消して、ベッドに横たわった。薬はすぐに効いてきた。眠りの淵に深く沈んでいき――さらに深く……深く……

ふと目が覚めた。

あたりを見まわして……どうやってそんな不思議な場所に来たのか、わからなかった。草に覆われた円形の浅いくぼみの中に立っている。深さは、ほんの膝くらいだ。そのくぼみは、直径が四百メートルほどの円形になった平地の真ん中にあった。そこも草に――紫色の花が咲いている奇妙な草に――覆われている。草地の周辺には、枝垂れた見慣れない木が……樹皮がエメラルドグリーンと緋色の鱗状になっている木が……垂れた枝がシダのような葉に覆われ、その間を細い蔓植物がのたうつ蛇のように伸びている。草地を取り囲んでいる森は、油断なく、警戒して……私を見張り……私が動きだすのを待って……

違う、私を見張っているのは森ではない！　木の間に身を隠し、潜んでいるものが……悪意に満ちたものが……邪悪なものがいて……そいつらが私を見張り、動きだすのを待っているのだ！

だが、どうやって私はこんなところに来たのだ？　足元に目をやり、両腕を伸ばしてみる……。ベッドに入ったときのまま、青いパジャマに身を包んでいる……ニューヨークにある自宅のベッドに入ったときの……ニューヨークの家の……どうやってここへ来たのだ？　夢を見ているようにも思えないが……

気がつくと、浅いくぼみから三本の細い道が伸びていた。どの道もくぼみの縁を越え、別々の方角に森へと続いている。突然、どれか一本の道を選ばなければならないのだと悟った。しかも、正しい道を選ぶことが、命にかかわるほど重要だということを……安全に進んでいけるのは一本だけ……あとの二本は、身を潜ませているものが支配する場所へとつながっているのだ。

くぼみが小さくなりはじめた。足元の地面も持ち上がってくる。くぼみが私を放り出そうとしているのだ！　右手にある道に飛び移って、ゆっくりと歩きはじめた。そのうち、心ならずも走りだし、森へ向かって、しだいに速度を上げていった。森に近づくにつれて、道が木の間を一直線に通っているのが見えてきた。幅は一メートルほどで、木が間近に迫り、道のはるか先はぼんやりとした緑色の中に消えている。私は走る速度をさらに上げていった。今や森の中へ入っていた。目に見えないものが、道の両脇に並ぶ木の間に集まってくる。あらゆる木から音もなく押し寄せ、群がってきていた。そいつらはなんなのか、私をとらえたらどうするのかも、私にはわからない……。ただ、そいつらにつかまれば、想像を絶するような苦痛を味わうはめになることははっきりしていた。

ひたすら森の中を走りつづける。一歩ごとが悪夢だった。私をつかまえようと、手が伸びてくるのを感じ……耳障りなささやき声が聞こえる……。汗びっしょりになって、おののきながら、森を抜け出し、遠い地平線へと続く一本の木も生えていない広大な平原を駆けていった。一面、茶色く枯れた草に覆われた平原には、道も足跡もなかった。なんとなく、マクベスが三人の魔女と出会うヒースの荒れ野を連想する。それでも……得体の知れないものがいる森よりはましだ。

私は足を止めて、森を振り返った。森から無数の邪悪な目が見つめているのを感じた。

森に背を向け、また草の枯れた平原を歩きはじめた。空を見上げる。ぼんやりとした緑色の空だ。その高い位置で、霞がかかったような二つの天体が輝きだす……黒い二つの太陽が……いや、太陽ではない……目だ……。マンディリップの目だ！　あの女の目が、ぼんやりとした緑色の空から私を見下ろしている……。その不可思議な世界の地平線の向こうから、巨大な二つの手が上がってきて……私の方へゆっくりと伸びてくる……私をつかまえ、森へ投げ込もうと……白い手の先にある長い指……その一本一本が別の生き物である白く長い指。マンディリップの手だ！

じわじわと目が、手が指をうごめかせながら近づいてくる……。空から、哄笑が次々に降ってくる……。マンディリップの笑い声だ！

その笑い声を耳にこびりつかせたまま、私は目を覚ました——あるいは、目を覚ましたように思った。自室のベッドの上で、背筋をぴんと伸ばして身を起こしていた。滝のような汗をかき、心臓は拍動のたびに身体が震えるほど激しく打っている。シャンデリアが窓明かりを反射して、小さなぼんやりとした雲のようにかすかに光っていた。窓も暗闇の中にぼんやりと浮かび上がって見える。とても静かだった……

片方の窓で、なにかが動いた。正体を確かめにベッドから起き上がろうとして——身体が動かなかった！

部屋の中が、淡く緑がかった色に光りはじめた。最初は、朽木の上で揺らめく燐光のような感じだった。光が強くなっては、弱まり、強くなっては、弱まりして、だがそのたびに明るさが増してくる。室内の様子がはっきりと見えるようになってきた。シャンデリアが崩壊していくエメラルドさながらにきらめいて――

窓から小さな顔が一つのぞいた！　人形の顔だ！　心臓が、飛び出しそうになったあと、絶望で凍りついた。マッキャンがラシュナをとらえ損なったのだ。万事休すだと悟った。

人形はにやにや笑いながら、こちらを見つめている。ひげをきれいにあたった顔は、四十代とおぼしき男のものだ。長い鼻に、大きな口で、唇が薄い。げじげじ眉の下にある目は、中央に寄っている。その目が、ルビーのように赤く輝いていた。

窓の下枠をそろそろと乗り越え、頭から先に部屋へすべりこんできた。頭を床につけた逆立ちの状態で、しばらく脚を振っている。次の瞬間、二度とんぼ返りをして、足で立った。小さな片手を口元にあて、赤い目を私に据えて――待っている。拍手を期待してでもいるかのようだ！　サーカスの軽業師らしいタイツとジャケットを身につけている。私に向かって、お辞儀をしてみせた。そして、派手な身振りで、窓の方を指さした。

別の小さな顔が、窓からのぞいている。厳格で冷徹そうな六十がらみの男の顔だ。頬ひげが少しある。私を見つめるその表情は、毛嫌いしている相手から融資を申し込まれた銀行家が浮かべそうな感じだ――そのたとえが、自分でも妙におかしかった。だが、そんな気持ちはたちまち消えた。

銀行家の人形だ！　それに、軽業師の人形！

不可解な死を遂げた二人の人形ではないか！

銀行家の人形はもったいぶった態度で窓から下りた。燕尾服に糊づけしたシャツという夜会用の正装で――なにもかも完璧だ。人形はこちらに向き直ると、同じもったいぶった態度で、窓枠の方へ片手を上げた。新たな人形が窓枠に立っている――銀行家の人形とさほど年が違わないような女の人形で、これまた正式なイブニングドレスに身を包んでいる。

良家の独身女性だ！

良家の女性の人形は、差し出された手を品よくとった。軽やかに床へ飛び降りる。

窓から四番目の人形が入ってきた。足の先から首まで、身体にぴったりとしたスパンコールつきの衣装をまとっている。勢いをつけて宙に飛び出し、最初の軽業師の人形の隣に着地した。にんまりと笑いながら、私を見上げ、お辞儀をしてみせた。

四つの人形は、最初の軽業師を先頭に、銀行家と良家の女性は腕を組んで、悠然とした足取りで私に近づきはじめた。

その光景は、奇怪で、幻想的でもあったが――滑稽なところは微塵もなかった！　おかしみがあったとしたら、それで笑うのは悪魔だけだろう。

私は狂おしく考えていた――ドアのすぐ向こう側にブレイルがいるのだ、物音を立てることさえできれば！

人形たちが足を止めた。相談しているようだ。二つの軽業師の人形は爪先でくるりと一回転してから、背中に手を伸ばした。隠れた鞘から、短剣のようなピンを抜き出す。銀行家と良家の女性の人形も、似たような武器を手にした。みなピンの先を私に向けて、剣のように構えた。

四つの人形は、あらためて、私のベッドを目指しはじめ……

二番目の軽業師の人形――ここに至って、それが空中ぶらんこ乗りの人形だと気づいた――の赤い目が、シャンデリアに留まった。立ち止まって、しげしげと眺めている。やがて、シャンデリアを指さすと、短剣めいたピンを鞘に戻して、膝を曲げ、両手を丸く重ねてみせた。軽業師の人形がうなずき、床からシャンデリアまでの高さを目測して、飛びつくのに最適な場所を考えているようだ。空中ぶらんこ乗りの人形は炉棚を指さし、二つの人形は、彫刻された大理石をよじのぼって、暖炉の上のその広い棚に上がった。年配のカップルは、興味津々といった様子で見守っている。彼らは短剣めいたピンを鞘に戻すことはしなかった。

軽業師の人形が膝を曲げると、その丸く重ねた両手に、空中ぶらんこ乗りの人形が小さな足をかけた。軽業師の人形が勢いよく身体を伸ばす。空中ぶらんこ乗りの人形は、炉棚からシャンデリアへと跳んで、プリズムの一つをつかみ、ぶらんこを漕ぐように身体を揺らした。すぐに軽業師の人形も炉棚から飛び出して、シャンデリアにつかまり、スパンコールつきの衣装に身を包んだ仲間のそばで身体を揺らした。

時代を経た重いシャンデリアが細かく震えながら、大きく揺れる。プリズムが十個ほど床に落ちて派手な音を立てた。耳が痛いほどの静けさの中で、それは爆発音のように響いた。

ブレイルがドアに駆け寄ってくる足音が聞こえた。ドアが勢いよく開く。ブレイルは戸口で立ち止まっていた。緑色の光の中で、私にはブレイルがはっきりと見えているが、向こうから中の様子はうかがえないらしい――彼にとっては、室内は真っ暗なのだ。

「ローウェル先生！　大丈夫ですか？　明かりをつけてください！」

私は大声で叫ぼうとした。ブレイルに警告するために。だが、声は出なかった。ブレイルが手探りで進んできて、スイッチのところへ行こうと、ベッドの足側をまわってくる。そのとき、人形の存在に気づいたようだった。シャンデリアの真下を通りかかっていた彼は、ふと足を止めて、上に目を向けた。

それと同時に、頭上にいた人形がシャンデリアに片手でぶらさがって、もう一方の手で短剣めいたピンを鞘から抜き出すと、彼の肩に飛び降りて、荒々しく喉を突き刺した！

ブレイルは甲高い悲鳴をあげた——一声だけ。悲鳴は、聞くに堪えないような、ごぼごぼという音に変わっていき……

揺れていたシャンデリアが、がくんと傾く。古びた留め具が壊れたのだ。家を震わせる轟音とともに、シャンデリアはブレイルと、彼の喉を切り裂いた悪魔の人形の上に落ちた。

いきなり緑色の光が消えた。大きな鼠が走りまわるような、慌てふためいた足音が聞こえた。金縛りに似た状態が消えた。私は手首をねじるようにしてスイッチを押し、明かりをつけた。ベッドから飛び降りる。

小さな姿が窓によじのぼって出ていこうとしていた。コルク鉄砲のような、くぐもった銃声が四発する。リコリが戸口に立っており、彼を挟むかたちで、ボディーガードが消音器つきのオートマチックを構え、窓に向かって発砲していた。

私はブレイルの上にかがみこんだ。完全に息絶えていた。シャンデリアが彼の頭を直撃して、頭蓋骨を砕いていた。だが、ブレイルはシャンデリアが落ちてくる前に、もう絶命しかけていた……喉を切り裂かれて……頸動脈が断ち切られて。

ブレイルを殺した人形は、いなくなっていた！

第十五章　魔女の手先

私は立ち上がって、苦々しく言った。

「きみの言ったとおりだったな、リコリ——マンディリップの手下は、きみの部下より腕が立つよ」

リコリは答えずに、哀惜に満ちた表情でブレイルを見下ろしていた。

「きみの部下がみなマッキャンのように約束を果たすなら、きみがまだ生きていられるのは、奇跡以外のなにものでもないな」

「マッキャンのことでしたら」リコリはまっすぐな視線を私に向けた。「切れ者ですし、忠義に厚い人間です。本人に弁明の機会を与えないまま、非難するつもりはありません。それに、こう言ってはなんですが、ローウェル先生、今夜、先生がもっと腹を割って話してくださっていれば——ブレイル先生は死なずにすんだでしょう」

私は顔をしかめた——あまりにもリコリの指摘どおりだったからだ。後悔と深い悲しみと、持って行き場のない怒りにさいなまれていた。つまらない自尊心にこだわっていなければ、マダム・マンディリップと会ったときのことを伝えられるかぎり伝えていれば、そして、どうして詳しい話ができないのか説明して、後催眠暗示をブレイルに解かせておけば――いや、せめて、リコリの勧めに従ってボディーガードに守ってもらうか、眠っている間、ブレイルに見張らせておけば――こんなことにはならなかったのだ。

書斎をのぞくと、リコリにつけておいた看護師がいた。書斎の廊下側のドアの向こうから、ささやき合う声が聞こえてくる――シャンデリアが落下したときの音で集まってきた使用人や別館のスタッフたちだろう。私は看護師に、落ち着き払った口調で言った。

「ブレイル医師がベッドの足元に立ってわたしと話していたときに、シャンデリアが落ちてきてね。彼の命を奪ったのだ。だが、このことは、ほかの者には伏せておくように。みんなには、シャンデリアが落ちて、ブレイル医師が怪我をしたと言うに留めておいてほしい。全員、引き揚げさせるんだ――ブレイル医師は病院のほうへ連れていくからと言って。それから、看護師のポーターを呼んできて、二人でできるかぎり血をきれいにしてくれないか。シャンデリアは、そのままでかまわないから」

看護師が書斎から出ていくと、私はリコリのボディーガードの方に向いた。

「なにを見て撃ったんだね?」

片方のボディーガードが答えた。「おれには、猿みたいに見えました」

別のボディーガードが言った。「小さな人みたいにも」

リコリに目をやった私は、彼がなにを見たのか、その表情から察しがついた。私はベッドから薄いブランケットを引きはがした。

「リコリ、きみの部下に、ブレイルを持ち上げて、これで包ませてもらえないか。書斎の隣にある小さな部屋へ運んで、簡易ベッドに寝かせてほしいんだよ」

リコリはボディーガードたちに向けてうなずき、二人は砕け散ったガラスとねじ曲がった金属の中からブレイルを持ち上げた。ブレイルの顔や首は、割れたプリズムで傷だらけだったが、たまたまそのうちの一つが、人形の短剣めいたピンに刺された場所のすぐそばにあった。深い傷で、これも頸動脈を切断しているようだ。私もリコリと小部屋へついていった。ボディーガードたちがブレイルの遺体を簡易ベッドに寝かせると、リコリは二人に、寝室へ戻って、看護師が作業をしている間、見守るようにと命じた。二人が出ていくと、リコリは小部屋のドアを閉めて、私に向き直った。

「どうなさるおつもりですか、ローウェル先生？」

泣きだしたいところだったが、自分を抑えて、私は答えた。「言うまでもなく、検死官にまかせるケースだからね。すぐに警察へ連絡しなければならない」

「なんて説明するんです？」

「きみは窓のところでなにを見た、リコリ？」

「人形ですよ！」

「わたしもそうだ。シャンデリアが落ちてくる前に、ブレイルがなにに殺されたかなんて、言えるだろうか。そう、言えるわけがない。警察には、ブレイルと話をしていたら、なんの前触れもなく、シャンデリアが彼の上に落ちてきたと説明するつもりだ。折れたカットグラスの長い垂れ飾りが、ブレイルの喉に突き刺さったんだとね。ほかにどう言える？　警察は、実際にあったことは受け入れられないだろうが、この説明なら、あっさりと信じてくれるだろう――」

なんとかこらえようとしたが、もう抑えきれなかった。長い年月の中で初めて、私は泣いた。

「リコリ――きみの言ったとおりだ。今回のことは、マッキャンではなく、このわたしのせいだ――年寄りの虚栄心の――わたしが変に隠し立てをせず、すべて話していたら――ブレイルは生きていただろう……だが、わたしは話さなかった……話さなかったばかりに……わたしがブレイルを殺したのだ」

リコリが慰めてくれた――女性のように優しく……

「先生のせいじゃありませんよ。先生はほかにどうしようもなかったんです……先生のお立場では……長年、考えていらしたとおりにお考えになったわけですから。先生がお信じにならなかったことに、それがごく自然な流れですが、そこに魔女が付け入ったのだとしても……やっぱりそれは、先生のせいなんかじゃないんです。ですが、これから先は、魔女にも付け入る隙は見つけられません。すでに最良の時は終わり、あの女はもう転がり落ちはじめているんです……」

私の両肩にリコリが手を置いた。

「警察に通報するのは少し待っていただけませんか――マッキャンから連絡が入るまで。もうすぐ午前零時ですし、マッキャンは、来なくても、電話はしてくるでしょう。わたしは自分の病室へ着替えに行ってきます。マッキャンから連絡が入れば、先生を置いて、出かけなければなりませんから」

「どういう意味だね、リコリ？」

「魔女を殺すんですよ」リコリは平然と答えた。「あの女と娘を始末するんです。夜明けまでに。わたしはゆっくりしすぎましたよ。もう待つつもりはありません。これ以上、あの女に殺させはしない」

意識が遠のくような気がした。椅子にどさりと腰を下ろす。目の前がぼんやりとかすんだ。リコリが水を入れたグラスを渡してくれ、私は勢いよく飲んだ。耳鳴りを通して、ドアを叩く音と、ボディーガードの一人の声が聞こえた。

「マッキャンが来ました」

リコリが答えた。「入るよう言ってくれ」

ドアが開いた。マッキャンが勢いよく入ってくる。

「娘をつかまえました――」

私たちの顔を見て、マッキャンは言葉を切った。ブランケットに包まれて簡易ベッドに横たわる遺体に視線を移し、険しい表情になる。

「なにがあったんです？」

リコリが答えた。「人形がブレイル先生を殺したのだ。娘をつかまえるのが遅すぎたな、マッキャン。どうしてだ？」

「ブレイル先生が殺された？　人形に！　そんな！」マッキャンの声は、首でも絞められているかのようだった。

リコリが問いただした。「娘はどこだ、マッキャン？」

マッキャンはのろのろと返事をした。「表に止めた車の中です。猿ぐつわを噛ませて、縛ってあります」

リコリが訊いた。「つかまえたのはいつだ？　場所は？」

マッキャンを見ながら、私はふと、彼がひどく哀れで、気の毒になってきた。自分自身にうしろめたさと忸怩《じくじ》たる思いがあるせいだろう。私は口を挟んだ。

「座りなさい、マッキャン。ブレイルのことは、きみにも一因はあるかもしれないが、わたしのほうがずっと罪は重い」

リコリがにべもなく言った。「その判断は、わたしにまかせてください。マッキャン、おまえはローウェル先生のご指示どおり、通りの両端に車を配置したのか？」

「はい」

「では、そこから話せ」

「ラシュナが通りに入ってきました。十一時近くのことです。おれが東側の端に、ポールが西側の端に陣取ってました。おれは運転手のトニーに、『娘は袋の鼠だな』って言いました。ラシュナはスーツケースを二つ持ってました。あたりを見まわして、おれらがクーペを見つけた場所へ早足で向かいました。そこのドアを娘は開けました。クーペに乗って出てくると、ポールのいる西へ向かったんです。ポールにも、人形の店のすぐ近くでは娘をつかまえないという先生の指示を伝えてありました。ポールが娘のあとをつけていきました。おれはトニーに猛スピードで車を走らせ、ポールのうしろにつけさせました。

クーペはウエスト・ブロードウェイに入っていきます。そこで娘は運に恵まれたんですよ。ちょうどスタテン島から船が着いたところで、通りはひどい渋滞でした。一台のフォードが前の車を抜こうとして急に車線を変更したんです。ポールはそのフォードにぶつかって、高架鉄道の支柱の一つに突っ込んじまって。もう大騒ぎでした。おれのほうは一、二分で渋滞を抜け出せたんですが、出たときには、クーペはすっかり見えなくなってました。

おれは車から飛び出して、ロッドに電話しました。ラシュナが姿を見せたら、人形の店へ入る前に、投げ縄を使ってでも、つかまえろって言ったんです。つかまえたら、先生の家に連れていくようにと。

それから、トニーに先生の家へ向かわせました。おれはラシュナの目的地はここじゃないかと考えたんです。ここまで車をゆっくり走らせたあと、公園の中をざっと調べてみました。これまでマンディリップが運を独り占めしてましたが、そろそろこっちにまわってきてもおかしくないんじゃないかと思いながら。ええ、まわってきましたよ。木の下に止めてあるクーペを発見したんです。おれらは娘をつかまえました。なんの抵抗もしませんでしたよ。それでも、猿ぐつわを噛ませて、車に放り込みました。トニーがクーペを転がしてって、中を調べました。スーツケースが二個あるばかりで、ほかにはなにもありません。そのあと、娘をここへ連れてきました」

私は訊いた。「ラシュナをつかまえてからここへ来るまで、どのぐらい時間がかかった？」

「十分から十五分くらいでしょうか。トニーがクーペを分解しかねないほど、念入りに調べてたもんですから。ちょいと時間がかかったんです」

私はリコリに目をやった。マッキャンがラシュナをつかまえた頃、ブレイルは死んだにちがいない。リコリがうなずき返した。

「娘は人形を待っていたんですよ、言うまでもなく」

「娘をどうしましょうか？」マッキャンは、私ではなく、リコリに目を向けていた。

リコリはなにも言わないまま、妙に含みのある目つきでマッキャンを見つめ返した。私は、リコリが左手を拳に握ってから、勢いよく開いたのを見逃さなかった。

「わかりました、ボス」

マッキャンはドアへと向かいはじめた。とくに鋭い洞察力がなくても、マッキャンが命令を受けたことも、その命令が意味するものも、勘違いのしようがなかった。

「待ってくれ！」私はマッキャンをつかまえ、ドアを背にして立ちはだかった。「わたしの話を聞いてほしい、リコリ。この件で言っておきたいことがあるんだ。きみとピーターズがそうであったように、わたしとブレイルもとても近しい間柄だった。だが、マダム・マンディリップの罪がなんであれ、ラシュナはあの女の命令に従うほかなかったんだ。彼女の意志は完全にマンディリップに支配されていた。一日の大半は、催眠術による影響下に置かれているのではないかと思う。ウォルターズを救おうとしていたことが、どうしても忘れられないんだ。彼女が殺されるのを見過ごせないんだよ」

リコリが答えた。「先生のおっしゃるとおりなら、なおさら早く、娘を片付けてしまわなければ。

そうすれば、魔女も自分が破滅させられる前から、あの娘を使えなくなります」

「いいや、だめだ、リコリ。それに、ラシュナを殺してはいけない理由がまだある。いろいろ質問してみたいんだ。マダム・マンディリップがどうやってこういうことをしているのか解明できるかもしれない——人形の秘密も——軟膏の成分も。あの女と同じ知識を持つ者がほかにいるのかどうかも、突き止められる可能性がある。ラシュナはこうしたことや、もっとほかのことも、知っているかもしれないんだよ。そして、知っているなら、わたしにはしゃべらせることができる」

マッキャンが皮肉っぽく言った。「本当ですか?」

リコリが訊く。「どうやってです?」

私は硬い口調で答えた。「マンディリップがわたしにやったのと同じ手法を使うんだ」

たっぷり一分間、リコリは真剣な面持ちで考えていた。

「ローウェル先生」リコリが口を開いた。「この件に関する先生のご判断をどうみているのか、今度こそきっぱりと言わせていただきます。先生は間違っておられると思います。確かに、あの魔女を出会った日に殺さなかったのは、わたしの落ち度です。ですが、あの娘を生かしておけばおくほど、われわれ全員の危険は高まるという気がしてしようがないんです。それでも、先生の判断におまかせします——これが最後ですよ」

「マッキャン」私は言った。「ラシュナをわたしの診察室に連れてきてほしい。階下に誰かいれば、わたしが追い払うまで待ってから」

マッキャンとリコリを連れて、私は一階へ下りた。誰もいなかった。診察室のデスクの上に、催眠状態を引き起こすのにパリのサルペトリエール精神病院で初めて用いられた装置を改良したものを置いた。小さな反射鏡が上下二列に並び、それぞれの列が逆方向に回転する仕組みだ。一条の光線をあてると、列が回転することで、鏡が明るく輝いたり、暗くなったりする。最も効果的な装置であり、長らく催眠術による暗示を受けてきているはずのラシュナには、あっさり作用するにちがいなかった。座り心地のいい椅子をちょうどよい角度に据えて、装置の鏡によけいな光があたらないよう、部屋の明かりを暗くした。

準備が整うか整わないうちに、マッキャンと、リコリの別の部下がラシュナを連れてきた。二人がラシュナを椅子に座らせると、私は彼女の口から猿ぐつわを外してやった。

リコリが言った。「トニーは車に戻れ。マッキャン、おまえはここに残るんだ」

第十六章　魔女の手先の最期

ラシュナはいっさい抗《あらが》わなかった。完全に自分の中に閉じこもっているようで、私が人形の店を訪ねたときと同じ、ぼんやりとした目をこちらに向けている。私は彼女の両手をとった。ラシュナはおとなしく手をゆだねている。手は冷え切っていた。私は優しく、安心させるように声をかけた。

「いいかい、誰もきみを傷つけたりはしないよ。気を静めて、身体の力を抜いて。椅子の背にゆったりともたれなさい。きみを助けたいだけなんだよ。眠たければ、寝ていいんだ。眠りなさい」

ラシュナの耳に私の言葉は届いていないのか、相変わらず、ぼんやりとした視線を私に向けている。私は彼女の手を放した。ラシュナと向かい合うかたちで、自分の椅子に腰を下ろして、小さな鏡の列を回転させはじめる。すぐにラシュナの視線が装置に移り、魅せられたようにそこで止まった。身体から力が抜けていき、ぐったりと椅子に背中をあずける。まぶたが下りはじめた。

「眠りなさい」私はそっと言った。「ここでは誰もきみを傷つけられないんだ。眠っている間、きみを傷つけられる者などいないんだよ。眠りなさい……眠りなさい……」

ラシュナの目が閉じる。ため息が漏れた。

「きみは眠っている。わたしが起きていいと言うまで、きみは目覚めない。わたしが起きていいと言うまで、きみは目を覚ますことができない」

彼女は子供っぽい声で、つぶやくように繰り返した。「あたしは眠っています。あなたがいいと言うまで、あたしは目を覚ますことができない」

私は回転している鏡を止めた。「きみに尋ねたいことがいくつかあるんだよ。よく聞いて、正直に答えるんだ。きみは真実以外のことは答えられない。わかっているね」

やはり子供っぽい小さな声で、ラシュナは繰り返した。「あたしは真実以外のことは答えられない。わかっています」

思わず、私は勝ち誇ったように、リコリとマッキャンを見やった。リコリは疑心と畏敬に見開いた目で私を見つめながら、胸の前で十字を切った。リコリは私も魔術を知っていると思っているようだ。マッキャンは椅子に座って、落ち着きなくなにやら噛んでいる。目はラシュナに釘付けだった。

質問を始めるにあたって、できるだけラシュナを刺激しないようなものを選んだ。

「きみは本当にマダム・マンディリップの姪なのかな?」

「違います」

「では、きみは誰だね?」

「わかりません」

「いつからマダム・マンディリップと一緒にいる? どうしてそうなった?」

「二十年前からです。あたしは施設に……ウィーンの孤児院にいました。あの人に引きとられたんです。自分を伯母と呼ぶよう教えられました。でも、伯母じゃありません」

「そのあとは、どこで暮らしていた？」

「ベルリンやパリ、ロンドン、プラハ、ワルシャワです」

「マダム・マンディリップはそうした街でも人形をつくっていたのかね？」

ラシュナは答えなかった。身を震わせている。まぶたがぴくぴくしはじめた。

「眠るんだ！　わたしが起きていいと言うまで、きみは目を覚ますことができないのを忘れたのかね！　眠るのだ！　さあ、答えなさい」

聞こえるか聞こえないかのような声で、彼女は言った。「はい」

「そして、どの街でも、人形は人を殺したんだね？」

「そうです」

「眠りなさい。怖がることはないんだよ。きみを傷つけるものはなにもないんだ——」それでも、またラシュナの動揺が激しくなってきたので、私は質問の内容をしばらく人形からそらすことにした。「マダム・マンディリップの生まれはどこだね？」

「知りません」

「彼女の年齢は？」

「わかりません。訊いたことはありますけど、伯母は笑って、自分には時の流れは関係ないと言っていました。引きとられたとき、あたしは五歳でした。伯母は当時からまったく変わってません」

「マダム・マンディリップに仲間は——つまり、ほかにも人形をつくる者はいるんだろうか？」

「一人います。伯母がその男性に教えたんです。プラハにいたときの伯母の恋人でした」

「恋人だって！」私はとても信じられないという思いで、大声をあげてしまった——大柄で、重そうな身体、巨大な胸、ぼってりとして馬に似たマンディリップの顔が目の前に浮かんだ。

「あなたがどう考えているのか、わかります。でも、伯母には別の身体があるんです。気分しだいでそれを身につけます。とてもきれいな身体です。伯母の目や手や声は、その身体のものなんです。それを身につけたときの伯母はすごくきれいです。ぞくぞくするほどの美女になるんです。あたしは、それを身につけたときの伯母を何度も見てます」

別の身体とは！　もちろん、幻影だろう……ウォルターズが書き記した魅惑に満ちた部屋のように……その部屋は、マンディリップに絡め取られていた催眠術の蜘蛛の巣から抜け出したときに、私も垣間見た……マンディリップの思い描くものが、ラシュナの頭の中で再現されるのだ。

私は、この点についてはここで切り上げ、核心に迫ることにした。

「マダム・マンディリップには二つの殺し方があるね——軟膏を使う場合と、人形を使う場合と」

「はい、軟膏を使う場合と、人形を使う場合があります」

「ニューヨークでマダム・マンディリップが軟膏を使って殺したのは何人だね？」

ラシュナは直接その質問に答えるのを避けた。「この街に来てから、伯母は十四個の人形をつくってます」

では、私に知らされていなかったケースがほかにもあったのだ！　私は尋ねた。

「人形が殺したのは何人なんだい？」

「二十人です」

リコリが悪態をつくのが聞こえ、私は警告のまなざしを素早く彼に放った。リコリは緊張に満ちた蒼白な顔を突き出すように座っている。マッキャンは噛むのをやめていた。

「マンディリップはどうやって人形をつくるんだね？」

「わかりません」

「どうやって軟膏を調合しているのかは知っているかい？」

「いいえ。伯母はそういったことは秘密にしてます」

「人形を動かすものはなんだろう？」

「人形に——命を吹き込むもの、ということですか？」

「そうだ」

「死んだ人からのなにかです！」

またリコリが、今度は小さく悪態をつくのが聞こえた。

私は質問を続けた。「どうやって人形をつくるのかはわからなくても、人形を動かすのになにが必要かは知っているね。それはなんだね？」

ラシュナは返事をしなかった。

「答えなければいけないよ。言うことを聞かなければならない。さあ、教えてくれ！」

「ご質問の意味がよくわかりません。死んだ人のなにかが人形に命を吹き込むってことは、もうお答えしました。ほかになにをお知りになりたいんですか？」

「人形のモデルになる人物が初めてマダム・マンディリップと会ったところから、人形が——きみの言い方を借りると——命を吹き込まれるまでのことだよ」

ラシュナは夢見るように語った。

「伯母は、そういう人は自分の意志で来なければならないと言ってました。そして、強制されるのではなく、自らの意志で、伯母に人形をつくってもかまわないと同意する必要があるんです。モデルになる人は、そこに意味などないと思っていて、自分が本当はなにに同意しているのかわかってないんです。

伯母はすぐに一つ目の人形づくりに取りかからなくてはなりません。二つ目の人形——生きることになる人形——を完成させる前に、軟膏を塗る機会を見つけないといけないからです。伯母は、この軟膏は心の中に棲んでいるものの一つを解放するんだと言ってました。解放されたものは、必ず伯母のもとへ来て、人形の中へ入るんだそうです。心の中に棲んでいるほかのものについては、伯母は関知しないということでした。それに、伯母は自分のところに来る人をみんなモデルにするわけでもないんです。モデルにできる人をどうやって見抜くのか、どんなふうに選んでいるのか、あたしにはわかりません。伯母は二つ目の人形をつくります。それが仕上がった瞬間から、モデルになった人が死にはじめるんです。その人が亡くなると——人形が命を得ます。人形は伯母の意のままに動きます——どの人形もみんな……」

ラシュナは言葉を途切らせ、やがて感慨深そうに続けた。「一つだけ例外がありました——」

「どの人形だね？」

「あなたの看護師だった人のです。あの人形は言うことを聞きませんでした。伯母は折檻《せっかん》して、罰を与えました……それでも、思いどおりにできなかったんです。ゆうべ、あたしはその看護師の人形と、もう一つ別の人形をここへ持ってきました。あたしの——伯母が——呪いをかけた男の人を殺すために。看護師の人形は、でも別の人形と争って、その男の人を助けたんです。それは伯母の理解を超えた出来事で……伯母は困惑していて……あたしに……希望をくれました」

少しずつ小さくなっていたラシュナの声が消えた。そのあと急に、しっかりした口調で彼女は言った。

「急いでください。あたしは人形たちを持って戻らなくちゃなりません。そろそろ伯母があたしを探します。帰らないと……伯母が連れ戻しに来て……そうして……あたしがここにいるのを見つけたら……あたしは伯母に殺されます……」

私は訊いた。「今夜きみが人形を持ってきたのは、わたしを殺すためだね？」

「そのとおりです」

「人形は今どこだね？」

「あたしのところへ戻ってくる途中でした。でも、手元に来る前に、あなたの仲間があたしをつかまえたんです。人形たちは……家に帰るでしょう。必要があれば、人形たちは素早く移動します。あたしがいないと、そうスムーズにはいきませんけど、それだけです……いずれ伯母のもとに戻ります」

「どうして人形は人を殺す？」

「伯母を……喜ばせる……ためです」

「結び目のある紐だがね、あれの役割は？」

「知りません――でも、伯母の話では――」言葉の途中で、突然、怯えた子供のように、ささやき声で訴えた。「伯母があたしを探してます！　伯母の目があたしを探してる……手があたしをつかもうと――伯母があたしを見ました！　あたしを隠して！　ああ、早くあたしを隠して……」

私は言った。「眠りなさい、もっと深く！　深く――静かに、さらに深い眠りへと入っていくんだ。もうマダム・マンディリップにきみは見つけられない！　きみは彼女からすっかり隠れたんだ！」

ラシュナが小さな声で言った。「あたしは深い眠りに入ってます。伯母はあたしを見失いました。あたしは隠れています。でも、近くをうろうろして、まだあたしを探してる……」

椅子から立ち上がっていたリコリとマッキャンが、私のそばへ来た。

リコリが尋ねた。

「先生は、魔女が追いかけてきていると、本気で思いますか？」

「いいや」私は答えた。「ただ、この展開は予想していなかったわけじゃないんだ。ラシュナは長らく、しかも、すっかりマンディリップに操られていたから、こうした反応も当然と言えるんだよ。暗示が引き起こしたものかもしれないし、彼女の潜在意識が生み出したものかもしれない……この子は命令に背《そむ》いているわけだからね……背けば、罰を与えると脅されて――」

ラシュナが悲鳴をあげて、激しく身をよじった。

「伯母があたしを見ます！　あたしを見つけました！　手が伸びてくる！」

「眠りなさい！　もっと深く、静かに眠るんだ。マダム・マンディリップにきみを傷つけることはできない。彼女はまたきみを見失った！」

返事は返ってこなかったが、ラシュナの喉の奥から、かすかなうめき声が聞こえた。

マッキャンがかすれた声で悪態をついた。「くそっ！　なんとかしてやれないんですか、先生？」

リコリは、青ざめた顔に目をぎらつかせている。「死なせればいいんだ！　そうすれば、手間が省ける！」

私はラシュナにきっぱりと言った。「よく聞いて、わたしの指示に従うんだよ。これから五つ数える。五つまで数えたら――目を覚ますんだ！　すぐに目覚めるんだよ！　眠りから素早く目覚めれば、マダム・マンディリップはきみをつかまえられないからね！　さあ、言うとおりにするんだよ！」

ただちに起こせば、ラシュナのゆがめられた心は、マンディリップに脅されたとおりの死を本人にもたらすおそれがあったので、私はゆっくりと数えた。

「一つ――二つ――三つ――」

凄まじい悲鳴がラシュナの喉からほとばしった。そして――

「伯母につかまった！　手があたしの心臓を……ああ……」

ラシュナの上体が勢いよく起きて、全身ががくがくと震える。身体から力が抜けたかと思うと、彼女は椅子にぐったりと沈み込んだ。開いた目はうつろで、口もだらしなく開いている。

私はラシュナの服の前を引き開けて、心臓の上に聴診器をあてた。心音は聞こえなかった。

そのとき、死んだラシュナの口から、威嚇と蔑みのこもった、オルガンの音のような、甘い声が漏れた。

「ばかな者たち！」

マダム・マンディリップの声だった！

第十七章　魔女を焼き殺せ！

意外にも、三人の中でリコリがいちばん冷静だった。私は全身の皮膚が粟立っていた。マッキャンは、これまで一度もマダム・マンディリップの声を聞いたことがないにもかかわらず、激しく動揺している。そして、沈黙を破ったのも、リコリだった。

「娘は確かに死んでいるんですか？」

「疑いの余地もないよ、リコリ」

リコリはマッキャンにうなずいてみせた。「娘を車に運べ」

私は尋ねた。「どうするつもりなんだ？」

「魔女を殺すんですよ」リコリは皮肉っぽく、またしても平然と答えた。「死では二人が分かたれないように」彼は熱っぽく続けた。「地獄へ行っても、ともに二人が永劫に焼かれるように！」

鋭いまなざしで、リコリが私を見つめる。

「賛成していただけないのでしょうか、ローウェル先生？」

「リコリ、わたしにはわからないんだ——本当にわからない。今日、わたしはこの手であの女を殺したいと思っていたが、怒りはもう尽きてしまった。きみの剣呑な言葉は、わたしの持って生まれた性格や、身についている考え方、正義はこう行われるべきだという信念に真っ向から反するものだ。わたしには——人殺しとしか思えないんだよ！」

「あの娘の話をお聞きになられたでしょう。この街だけでも、二十人が人形に殺されたんです。そして、十四個の人形。十四人が、ピーターズのように死んだということじゃありませんか！」

「だが、リコリ、法廷では、催眠状態にある人物の言葉は、証拠として認められないんだよ。真実を語っているのかもしれないし、そうではない場合もあるからね。ラシュナには病的なところがあった。彼女の話は、本人の妄想にすぎないかもしれないんだ——裏付けとなる証拠がないかぎり、控訴の根拠として取り上げる法廷など、世界のどこにもないよ」

「この世の裁きなんて——どうでもいいんです——」リコリは私の両肩をつかんだ。「先生は、あの話が本当だと思ってらっしゃいますか？」

私は返事に詰まった。心の奥底では、本当のことだと感じていた。

「そのとおりですよ、ローウェル先生！　ご返答はいただきました。先生もわたしと同じく、あの娘が本当のことをしゃべったとわかっているんです。人間の法では、魔女を罰せないこともね。ですから、わたしはあの女を殺さなければならないんです。魔女を殺すからといって、このリコリは殺人者ではありません。そう、わたしは神の死刑執行人なんです！」

リコリは私の言葉を待っていた。だが、またしても私は答えられなかった。

「マッキャン」リコリはラシュナを指さした。「わたしが指示したとおりにしろ。終わったら、戻ってこい」

マッキャンが、死んだラシュナの細くて小柄な身体を腕に抱いて部屋を出ていくと、リコリが言った。

「ローウェル先生――一緒に来て、この処刑を見届けていただきます」

私は尻込みをした。

「リコリ、わたしにはできないよ。もうぼろぼろなんだ――身も心も。今日はあまりにも多くのことがあったから。痛恨の出来事にがっくりきているのだ――」

「来ていただきますよ」リコリが私の言葉にかぶせるように言った。「あの娘のように猿ぐつわを噛ませ、縛り上げて、運ぶことになってでもです。理由をご説明しましょう。先生はどちらのお立場をとるか葛藤なさってらっしゃいます。お一人にすれば、科学を根拠とする懐疑心のほうが勝って、わたしがキリストやマリアや聖者たちにかけて誓ったことをやり遂げる前に、わたしを止めようとなさるかもしれません。疲れなどものともせずに、これまであったことをすべて警察にお話になるかもしれません。そんな事態は避けたいんですよ。ローウェル先生、わたしは先生のことがとても好きなんです、心から敬愛しているんです。ですが、この件に関しては、わたしは自分の母親が止めようとしても、容赦なく払いのけます――あなたに対するのと同じように」

私は言った。「一緒に行くよ」

「では、看護師にわたしの服を持ってこさせてください。すべて終わるまで、先生を一人にさせる気はありません。どちらに転がるか、なりゆきにまかせるわけにはいきませんから」

受話器を取り上げると、私は看護師に必要なことを頼んだ。戻ってきたマッキャンに、リコリが言った。

「着替えがすんだら、人形の店へ行くぞ。車には、トニーのほかに誰がいる？」

「ラーソンとカルテッロです」

「よし。魔女は、こっちが行くのを承知している可能性がある。死んだ娘の口からしゃべれるなら、死んだ耳を通して聞いていたかもしれんからな。いや、そんなことはどうだっていい。魔女は聞いていなかったものとしよう。店のドアにはかんぬきがついているのか？」

マッキャンが答えた。「ボス、おれは店に入ったことはないんで、わかりません。でも、ガラスがはまってます。かんぬきがついていたら、そっちを破りましょう。ボスが着替えてる間に、トニーに道具を用意させます」

「ローウェル先生」リコリが私に向き直って言った。「わたしと同行することについて、お気持ちを変えることはないと約束していただけませんか？　わたしがやろうとしていることを邪魔立てしないということも？」

「約束するよ、リコリ」

「マッキャン、ここへは戻ってこなくていい。車で待ってろ」

ほどなくして、リコリは着替えをすませた。彼と家を出たとき、時計が一時を打った。私は、一連の奇妙な出来事が始まった数週間前のことを思い出していた。あれもちょうど、この時刻だった……

ラシュナの遺体を挟むかたちで、私はリコリと車の後部に乗り込んだ。中央部の座席には、ラーソンとカルテッロが座っている。ラーソンはのっそりとしたスウェーデン人で、カルテッロは痩せて小柄なイタリア人だった。トニーという名の男が運転して、マッキャンは助手席に陣取っていた。大通りを揺られること約三十分で、車はブロードウェイの南の外れに来ていた。人形の店のある通りに近づくにつれ、車は速度を落とした。夜空は雲に覆われ、湾から冷たい風が吹きつけてくる。私は身を震わせたが、寒さのせいではなかった。

店のある通りの角まで来た。

数ブロックの間、誰にも出くわさなかったし、人影さえ目にしていなかった。死者の町を通り抜けてきたような感じだ。店がある通りも、人っ子一人いなかった。

リコリがトニーに命じた。

「店の向かい側に車を止めろ。そこでわれわれは降りる。おまえは角まで車を持っていって、そこで待て」

私の心臓は気持ちが悪いほどに打っていた。夜の暗さに質感があって、街灯の光をのみこんでいるかのようだ。人形の店には明かりがなく、通りと同じ高さにある古めかしい戸口は、濃い影に沈んでいた。風がうなり、バッテリー公園の岸壁に叩きつける波の音がはっきりと聞こえた。私は、自分が戸口を通り抜けられるのか、それとも、マンディリップにかけられた暗示がまだ生きていて、店には入れないのだろうかと訝った。

マッキャンが車から素早く降りて、ラシュナの遺体を運び出した。店の戸口の暗がりにしゃがんで、遺体を支えている。リコリと私、ラーソンとカルテッロが、あとに続いた。車は移動していった。マダム・マンディリップに至るこの奇妙な道に初めて踏み出したときから、しょっちゅうまつわりついている非現実的な悪夢のような感じにまた襲われていた。

カルテッロがドアのガラスになにやら粘着性のあるものを塗りつけた。その真ん中にゴム製の小さな吸盤を押しつける。カルテッロはポケットから道具を取り出すと、直径三十センチほどの円を描いていった。道具の先が、蠟ででもあるかのようにガラスを切っていく。片手で吸盤を持ったまま、カルテッロは先端がゴム製のハンマーで軽くガラスを叩いた。ガラスが円形に外れた。作業中、なんの音もしなかった。カルテッロはガラスにあいた穴から手を差し込んで、しばらく静かにさぐっていた。やがて、かすかにかちりという音がして、ドアが開いた。

マッキャンがラシュナの遺体を抱き上げた。私たちは、幽霊のように足音一つ立てずに、店の中へ入り込んだ。カルテッロは円形のガラスを元通りにはめこんだ。店の奥に通じているドアがぼんやりと見てとれる。あの向こうの廊下の先に、例の邪悪な部屋があるのだ。カルテッロが、ドアノブをまわしてみた。鍵がかかっている。ものの数秒の作業で、彼はドアを大きく開いた。リコリを先頭に、ラシュナの遺体を抱いたマッキャンが続く。みな影のように廊下を通り抜けて、奥のドアの前に立った。

カルテッロがノブに触れる間もなく、ドアが開いた。

マダム・マンディリップの声がした！

「中へお入りなさい。かわいい姪を返しに来てくれたとは、なんとありがたいこと！　外のドアまで出迎えに行けばよかったのだけれど――なにしろ、すっかり年をとって、気弱になっているものですから！」

マッキャンが小声で言った。「脇へ寄ってください、ボス！」

ラシュナの遺体を左腕だけに抱き直して楯代わりにすると、マッキャンは右手で拳銃を抜き出して、リコリの前に回り込もうとした。リコリがマッキャンを押し戻す。リコリは自分のオートマチックを構えて、部屋の中へ踏み込んだ。私はマッキャンに続き、そのうしろに、カルテッロとラーソンが続いた。

私は素早く室内へ視線を走らせた。マダム・マンディリップはテーブルを前に座って、縫い物をしている。落ち着いたもので、動揺のかけらも見受けられない。長く白い指が針の運びに合わせてリズムよく動いている。マンディリップは私たちに目を向けようともしなかった。暖炉では石炭が燃えていた。部屋はとても暖かく、なじみのない強い香気が漂っている。私は人形のキャビネットの方に視線を移した。

キャビネットがすべて開いていた。何段にもなって立ち並ぶ人形が、緑や青、灰色、黒の瞳で、私たちを見つめている。どの人形も生気にあふれていて、小さな生きた人間が居並ぶグロテスクなショーとでもいった様相だ。何百という数であるにちがいない。私たちのようなアメリカ人らしい服装の人形がいるかと思えば、ドイツの衣装を身につけた人形もいる。スペインやフランス、イギリスの服を着た人形もいた。ほかにも、私にはどの国のものかよくわからない衣装をまとった人形もあった。バレリーナもいれば、槌を振り上げた鍛冶屋もいる……フランスの貴族、広刃の刀を片手に持った、顔に不気味な傷跡のあるドイツの学生……ナイフを手にして、黄褐色の顔に薬物で正気を失ったような表情を浮かべたアパッチ族の男、その隣は、毒々しい口紅を塗った街頭に立つ女、その隣は、騎手……

さまざまな国から手に入れたマダム・マンディリップの戦利品だ！

人形たちは、今にも飛びかかってきそうだった。雪崩《なだれ》を打って私たちに襲いかかるために。私たちを押しつぶそうとして。

私は暴走しそうになる思考を押しとどめた。あえて、無数の生きた人形の目と視線を合わせる――どれも生命のない人形でしかないかのように。人形の入っていないキャビネットが一つあった……いや、ほかにもある……空のキャビネットは五つあった。緑色の光の中で身体が麻痺していた私に向かってきた四つの人形と、ウォルターズの人形が見当たらない。

こちらをじっと見つめる人形たちから、私は視線を引きはがした。あらためてマダム・マンディリップに目をやった。先ほどと変わらず穏やかに縫い物をしている……部屋には自分一人しかいないかのように……私たちの存在に気づいていないかのように……リコリのオートマチックが彼女の心臓に狙いをつけていないかのように……針を進め……やわらかな声で歌っている……

テーブルのマンディリップのすぐ前に、ウォルターズの人形が置かれていた！

ウォルターズの人形は仰向けに寝かされていた。小さな両手は手首のところで淡い灰白色の髪をより合わせた紐で縛られている。紐を幾重にも巻きつけられた手には、短剣めいたピンの柄を握らされていた！

言葉にすると長いが、こうした状況を見てとったのはあっという間のことだった――時間にすれば、数秒といったところだろう。

　マンディリップが一心不乱に縫い物をしていること、私たちがまったく眼中にないこと、静けさといったことが、彼女と私たちの間に仕切りをつくっていた。その目に見えない仕切りは、刻々と厚さを増している。刺激的な芳香も強まってきていた。

　ラシュナの遺体がマッキャンの腕から床に落ちた。

　マッキャンは口を開けて――一度、二度しゃべろうとし、ようやく三度目に言葉が出た。首を絞められているようなしわがれ声で、リコリに言う。

「女を殺してください……それとも、おれが――」

　リコリは動かなかった。その場に突っ立って、オートマチックでマンディリップの心臓に狙いを定めたまま、彼女のリズミカルに動く手を食い入るように見つめている。マッキャンの声が聞こえなかったか、聞こえていても気に留めていないようだ。マンディリップの歌は続いていた……蜜蜂の羽音のようで……甘い物憂げな歌……蜂が蜜を集めるように、眠りを集め……眠りを……

　リコリがオートマチックを逆さまに持ち替え、前へ飛び出した。振り上げたグリップをマンディリップの手首に打ち下ろす。

　手首から先がだらんと下がって、指がのたうった……その長く白い指がおぞましくうねくりねじれて……背骨を折られた毒蛇のように……

　再びリコリがグリップを振り上げた。振り下ろされるよりも早く、マンディリップが椅子をひっくり返して立ち上がった。ずらりと並ぶキャビネットに向かって、薄い音のベールをかけていくように、ささやきかける。人形たちが飛び出そうと、身をかがめたかのようで……

今やマンディリップの目はわれわれに据えられていた。二つの目は、一人ずつを見ているようでいて、同時に全員を見ているようでもある。揺らめく小さな真紅の炎を宿したその瞳は、燃え上がる黒い太陽といった感じだった。

マンディリップの意志が目からあふれ出て、われわれに襲いかかってきた。確かな存在感のある波さながらだ。それが物質的なもののようにぶつかってきたのが私には感じられた。徐々に身体が麻痺してくる。オートマチックを握っているリコリの手が小刻みに震え、蒼白になっているのが目に留まった。リコリも私と同じく、身体が言うことを聞かなくなってきているのだ……マッキャンたちも……

またしてもマダム・マンディリップの罠にとらえられてしまったのだ！

私は小声で警告した。「彼女を見るんじゃない、リコリ……目を見るな……」

必死の思いで、私は燃え上がる二つの黒い目から視線を引き離した。その視線がウォルターズの人形に落ちる。動きにくくなった手を伸ばして、ウォルターズの人形をとろうとした――自分でも理由はわからない。マンディリップのほうが私より早かった。傷ついていない方の手で人形を引っつかんで、自分の胸に押しつける。全身の神経に染み込み、広がっていく麻痺に拍車をかける、ぞくぞくするような甘ったるい声で叫んだ。

「わたくしを見ないの？　見ないつもり？　ばかな者たち――ほかにはなにもできないんで

しょう！」

そのあと、終焉の幕開けとなる、あの奇妙な、世にも不思議な出来事が始まったのだった。

芳香が律動するように、脈打つように、ますます強くなってきた。きらめく霧めいたものがどこからともなく渦巻くように現れて、マダム・マンディリップを包み、馬に似たその顔も巨大な身体も隠していく。目だけが、霧越しに輝いて……

霧が消えていった。われわれの前に立っていたのは、息をのむほど美しい女だった——すらりと背が高く、均整のとれた優美な肢体。一糸まとわぬ姿で、膝まである絹のようにつややかな黒髪が、半ば身体を覆っている。髪の間から、白くなめらかな肌がのぞいていた。目と手と、豊かに盛り上がった胸に押しつけている人形だけが、女の正体を告げていた。

リコリのオートマチックが手から落ちた。次々と武器が床に落ちる音がする。誰もが、私と同じように、この信じがたい変身に唖然とし、マダム・マンディリップからあふれてくる力にとらえられて、なすすべもなく立ち尽くしているのだ。

マンディリップはリコリを指さして笑った。「わたくしを殺すつもりだったのでしょう——このわたくしを！　武器を拾いなさい、リコリ——ほら、やってごらんなさいな！」

リコリがゆっくりと身をかがめていく……。その様子を、私は視界の端でとらえていた。マンディリップの目に視線が釘付けとなっていたからだ……それはリコリも同じで……女の目から視線を外せない彼は、身をかがめていくほどに、上目遣いになっていった。リコリが手探りでオートマチックを探し当てたのを、私は見るというより、感じとっていた。リコリが銃を拾い上げようとする。彼のうめき声が聞こえた。マンディリップがまた笑い声をあげた。

「もういいでしょう、リコリ――おまえにはできないのよ！」

見えない手で顎をつかまれて引き上げられたかのように、リコリはすっと身を起こした……

背後で布がこすれる音が聞こえ、特徴的な軽い足音がしたかと思うと、小さな姿が急ぎ足で私のそばを通りすぎていった。

マンディリップの足元に四つの人形が集まった……緑色の光の中で私に向かってきたあの人形たち……銀行家に良家の女性、軽業師、空中ぶらんこ乗りの人形だ。

四つの人形はマンディリップの前で一列に並び、われわれを怖い顔でにらんだ。それぞれ短剣めいたピンを手にして、小さな剣のように、こちらへ切っ先を向けている。またマンディリップの笑い声が室内に響いた。いとおしそうに声をかける。

「いいえ、いいのよ、かわいい子たち。おまえたちの出番じゃないわ！」

私に指を突きつけて、マンディリップが言った。

「わたくしのこの身体が幻影にすぎないことを知っているのね？　答えてちょうだい」

「知っている」

「では、わたくしの足元にいるこの子たち――かわいい子たち――も幻影かしら？」

「それはわからない」

「あなたは知りすぎている――その一方で、知らなすぎる。だから、死ななければならないのよ、賢すぎて、愚かすぎるお医者さん――」私を見つめる大きな目にはあざけりと哀れみがこもり、美しい顔には憎々しげでありながら、惜しむような表情が浮かんでいた。「リコリも死なければならない——この男は知りすぎているからよ。そこの三人も——やはり、死んでもらうしかないわね。でも、わたくしのかわいい子たちにやらせるわけじゃない。死に場所はここではないの。まさか！　あなたの家よ、名医さん。みんな無言でこのお医者さんの家に行くの——道すがら仲間内でしゃべることも、ほかの誰かと口をきくこともだめよ。そして家に着いたら、互いを攻撃する……殺し合うのよ……引き裂き合うの、狼みたいに——」

マンディリップがぎょっとした様子で、よろめきながら一歩下がった。

ウォルターズの人形が身をよじっていた——いや、そう思っただけかもしれない。次の瞬間、獲物に飛びかかる蛇さながらに素早く、縛られた手を上げて、短剣めいたピンをマンディリップの喉に突き刺した……荒々しくひねるように抜き……何度も突き刺す……女の優美な喉の、別の人形がブレイルを刺したのと寸分たがわぬ場所を刺していた！

そしてブレイルが悲鳴をあげたように——今度はマンディリップが悲鳴をあげた……ぞっとするような、苦悶の悲鳴を……

マンディリップは胸元からウォルターズの人形をむしりとると、遠くに投げ捨てた。人形は暖炉の方へ飛んでいき、床に転がって、赤々と燃えている石炭に触れた。

ぱっとまばゆい炎が上がって、マッキャンのマッチの火がピーターズの人形に触れたときと同じ強烈な熱が波となって広がる。その熱を浴びたとたん、マンディリップの足元にいた人形たちが消え失せた。人形たちから上がっていた、同じまばゆい炎が一つの火柱となる。それは渦巻いて、マンディリップの身体を、足の先から頭の先まで包み込んでいった。

美しい姿が溶け崩れていく。代わって、馬のような顔に巨大な身体のマンディリップが現れた……目は焼けただれて、つぶれ……切り裂かれた喉をつかんでいた長く白い指は、もはや白くなく、自分の血に染まって真っ赤だった。

つかの間、マンディリップは立っていたが、やがて床に倒れ込んだ。

そして、彼女が倒れたとたんに、われわれをとらえていた呪縛が解けた。

人形作家の手足を縮めた巨体の方へ、リコリが身を乗り出す。唾を吐きかけ、彼は勝ち誇ったように大声をあげた。

「魔女を焼き殺せ、だ！」

リコリは、ずらりと並んでこちらを見つめている人形を指さしながら、私を戸口へと押しやった。どういうわけか、人形に生気が感じられない。ただの人形だ！

燃えていたカーテンや服地から、人形へ火が移っていく。炎で浄化する復讐の天使とでもいう感じで、火は人形めがけて移っていた！

われわれは部屋を飛び出し、廊下から店までいっきに駆け抜けた。廊下から店へと、炎が追いかけてくる。みな通りへと走り出た。

リコリが叫んだ。「早く！　車に！」

突然、通りが炎の明かりで赤く照らされた。あちこちから窓が開く音や騒ぐ声が聞こえてくる。待っていた車にわれわれが飛び乗ると、車は急発進した。

第十八章　黒い知恵

〈わたしの息を奪い、髪を引き抜き、衣服を剥ぎ取り、埃で足を動かせなくした彼らは、わたしによく似た顔、よく似た身体の象をこしらえ、毒草からつくった軟膏をわたしに擦り込み、死へとわたしを導いた――炎の神よ、彼らを滅ぼしたまえ！〉　――エジプト人の祈り

マダム・マンディリップが死んでから三週間が経っていた。私は自宅で、リコリと夕食をともにしていた。どちらも押し黙ったままだった。その沈黙を破ることになったのは、物語の最後となるこの章の冒頭に掲げた、奇妙な祈りの言葉を、私が口にしたせいだ。ほとんど無意識のことだったが、リコリは鋭く視線を上げた。

「引用ですか？　誰の言葉です？」

「三千年ほど前の、アッシリア帝国最後となったアッシュールバニパル王の時代に、あるカルデア人が粘土板に刻んだ言葉だよ」

「その短い言葉で、わたしたちの経験したものが言い尽くされているじゃないですか！」

「そう、短くてもね、リコリ。すべて入っている――人形――軟膏――苦悩――死――そして、

浄化の炎」

考え込むように、リコリは言った。「おかしな感じですね。三千年前――そんな大昔でさえ、邪悪な者とその手口を知る人々がいたとは……わたしの息を奪い……よく似た身体の象をこしらえ……毒草からつくった軟膏を擦り込み……死へと導いた……炎の神よ、彼らを滅ぼしたまえ！――今回の顛末そのものですよ、ローウェル先生」

「死の人形というものは、カルデアにウルの町があった時代よりはるかに昔から存在するんだ。有史以前から。わたしはブレイルが殺された夜以来、その痕跡を時代を遡りながらたどってみた。すると、どこまでもたどれてしまうんだよ、リコリ。死の人形はクロマニョン人の炉の底深くに埋まっていたのが発見されている。二万年も前に火が絶えた炉跡からね。もっと古い人類の、さらに昔に火の絶えた炉跡からも見つかっている。燧石《ひうちいし》を細工した人形、それ以外の石でつくられた人形、マンモスの牙やホラアナグマの骨、サーベルタイガーの犬歯から彫られた人形が。そんな太古でさえ、黒い知識を持つ者がいたんだよ、リコリ」

リコリはうなずいた。「以前、とても気に入っていた男がおりましてね。トランシルヴァニア人でした。あるとき、アメリカへ来たいきさつを尋ねたんです。その男が不思議な話をしてくれました。男が生まれ育った村に一人の娘がいたんですが、その母親というのが、キリスト教徒が知るべきではない知識を持っていると噂されていたそうです。こう言いながら、男は用心深く十字を切っていました。娘は器量よしで魅力的でした――が、男は娘に夢中にはなれなかった。娘のほうは男に惚れていたようで――あるいは、男が関心を示さないので、逆に惹かれたのかもしれません。ある日の午後、男は狩りから家に戻る途中で、娘の小屋の前を通りかかったとき、娘に呼び止められました。喉が渇いていた男は、勧められるままにワインを飲みました。うまいワインでした。酔って陽気になりはしたものの――娘に情熱を抱くほどではありません。それでも、男は娘と小屋に入って、さらにワインを飲みました。男は笑いながら、娘に自分の髪を切らせ、爪を切らせ、手首から血を数滴とらせ、唾をやりました。笑いながら、小屋をあとにして家に戻り、眠ってしまいました。目を覚ましたとき、まだ宵の口でしたが、男が覚えていたのは、娘とワインを飲んだということだけでした。

教会へ行くべきだという気がして、男は教会へ足を運びました。ひざまずいて祈りを捧げているうち、突如として記憶がよみがえったのです――娘が男の髪や爪を切って、血と唾をとったことを。娘が自分の髪や爪や血や唾でなにをしているのか、確かめずにいられなくなりました。男によると、ひざまずく彼の前にいる聖人に命じられたような感じだったそうです。

そこで、男は娘の小屋へこっそり行って、ワイン樽の間をすり抜け、窓へと忍び寄って、中をのぞきこみました。娘はかまどのそばに座って、パンでもつくっているのか、生地をこねていました。男は、おかしな考えに取り憑かれて忍び寄っている自分を恥じました――そのとき、娘が生地に、男から切った髪を入れたのです。爪や血、唾も生地に練り込んでいきます。やがて娘は、生地をとって、小さな人のかたちにしていきました。人形の頭に水を振りかけ、男には理解できない言葉で、彼の名を人形につけて洗礼したんです。

男は肝をつぶしました。ですが同時に、激怒もしました。男には勇気もありました。娘がやっていることを最後まで見ていたんです。娘は人形を自分のエプロンに包んで、ドアへと向かいました。ドアを開けて外へ出ていきます。男はあとをつけました——猟師だった男は、足音のしない歩き方を心得ており、娘に気づかれることはありませんでした。十字路に出ました。夜空に新月が輝いています。娘はこの新月に向かってなにごとか祈りました。祈り終わると、地面に穴を掘って、その中に生地でつくった人形を置き、冒瀆したんです。そして、こう言いました。

『ザール（男の名前です）！ ザール！ ザール！ あんたに夢中なのよ。この人形が腐り果てたとき、あんたは雌犬を追う雄犬みたいに、あたしを追いかけまわすようになる。あんたはあたしのものよ、ザール、身も心もね。人形が腐ったら、あんたはみんなあたしのもの。いつもいつまでも、永遠に！』

娘は人形に土をかぶせました。男は娘に飛びかかって、絞め殺してしまいました。人形を掘り出すつもりでしたが、人声がしたので、怖くなって逃げ出しました。それきり、村には戻りませんでした。アメリカを目指したんです。

船旅の途中、男は両手で腰をつかまれ——甲板の手すりへと、海へと引きずられる感じがしたそうです。村へ、娘のところへ引き戻そうとする感じが。それで、娘を殺していなかったと悟りました。男は見えない手に抵抗しました。翌晩も、その次の晩も、見えない手と闘いました。眠るまいとしたそうです。寝てしまうと、あの十字路で娘がそばにいる夢を見るからです——そしてまさに海へ飛び込む寸前に目を覚まして、難を逃れたことが三度あったそうです。

やがて見えない手の力が弱くなってきて、ついに、何か月もの間というわけではありませんでしたが、手の感じがなくなりました。それでも、男はいつもびくびくしていましたが、あるとき、村から便りが届きました。予想どおり——男は娘を殺していませんでした。ですが、あとになって別の者が娘の息の根を止めたんです。その娘は、先生の言葉を借りるなら、黒い知恵を持っていたんですよ。ええ！　おそらく、それが自分の身に跳ね返ってきたんでしょう——われわれの知っている魔女の最期のように」

　私はうなった。「きみの口からそういう言葉が出るとは、じつに興味深いな、リコリ……黒い知恵が、それを自在に利用していた者に跳ね返ってくるというのは……だが、それについては、またあとで話そう。愛と憎しみと力が——この三つの欲望が——いつの時代も、黒い炎を燃やす台のそれぞれの脚となっているように思うんだ。つまり、死の人形を踊らせる舞台を支えているとね……

　最古の記録に残っている人形の制作者は誰か知っているかい？　知らない？　それは神だよ、リコリ。クヌムという、羊の頭をしたエジプトの神だ。ユダヤ教の神ヤハウェよりはるかに古い神だよ。そう、ヤハウェも、エデンの園で二つの人形をつくっているね。そして人形に息を吹き込んでいる。ヤハウェは人形に、誰にも譲り渡すことのできない権利を二つだけ与えた——一つは、苦しむ権利で、もう一つは、死ぬ権利だ。クヌムはもっと慈悲深い神だった。やはり死ぬ権利は与えている——けれど、人形は苦しむべきだとは考えなかった。人形が短い休息を楽しむ姿を眺めるのを好んだんだよ。

　クヌムは非常に年古りた神で、ピラミッドやスフィンクスの概念さえない時代のエジプトを支配していた。クヌムにはケプリという頭がコガネムシの兄弟神がいた。ふと思いついて、そよ風のように、混沌《カオス》の表面にさざ波を起こしたのは、このケプリだ。その思いつきでカオスは肥沃になって、世界が生まれた……

表面にさざ波を起こしただけでだよ、リコリ！　カオスの表面に穴をあけていたら……あるいは、もっと奥深くまで突き刺していたら……中心部にまで……今の人類はどんなことになっていただろう？　まあ、ともかく、さざ波で大地が生まれ、そこから人間がつくられた。それ以来、クヌムの仕事は、女性の子宮に手を差し入れて、中で横たわる赤ん坊をかたちづくることになったんだ。人々はクヌムを陶工神とも呼んでいた。クヌムは、より若い神々の中でも最高神だったアメンに頼まれて、偉大なハトシェプスト女王の身体もつくっている。ハトシェプストの父親は、彼女の母親の寝所に、夫であるファラオの姿になって入り込んだアメンなんだ。少なくとも、ハトシェプスト女王の時代の神官はそう書き記している。

それより千年前に、冥界の王であるオシリスとその妻イシスがことのほか目をかけていた王子がいた――王子は美丈夫でたくましく、勇気もあったからだ。どちらの神も、王子に釣り合う女はこの世のどこにもいないと考えた。そこで、王子にふさわしい女をこしらえてもらおうと、クヌムを呼んだ。クヌムはやってきた。この神は長い指を……マダム・マンディリップのような……一本ずつが生きている指をしていた。クヌムは、イシスでさえ軽い嫉妬を覚えるほど美しい女を粘土からつくった。古代エジプトの神々はじつに現実的で、オシリスとイシスは王子を眠らせて隣に女を並べ、比べて――古いパピルスに記されていた言葉では〝合わせて〟――みたんだ。

だが、惜しむらくかな！　うまくいかなかった。女は小さすぎたんだ。そこで、クヌムはつくり直した。だが、今度は大きすぎてね。結局、つくっては壊すということを六回もして、ようやく王子にぴったり合う女ができた。神々は満足して、幸運な王子は完璧な妻を——もとは人形の——贈られた。

時代を下って、ラムセス三世の御代のこと、クヌムのこの秘密を探し求め、突き止めた男がいた。男は秘密を探り出すのに、全人生をかけたんだ。年をとって、腰は曲がり、身体はしなびてしまった。けれど、女性を求める欲望は根強く残っていた。クヌムの秘密を探し求めたのも、ひとえにその欲望を満たすためだったわけだ。男は、ぜひともモデルが欲しいと思った。モデルにふさわしい美女たちは誰か。もちろん、ファラオの妻たちだ。そこで、この男は、ファラオが妻を訪ねるときのお供によく似た人形をこしらえた。それから、ファラオにそっくりの人形もつくって、自分が中に入り、人形に命を吹き込んだ。男はお供の人形に連れられてハーレムに入り込んだ。中へ入れた番兵は疑いもしなかったし、ファラオの妻たちでさえ、本人だと信じ切っていて、男をもてなした。

だが、ハーレムを出ようとしたときに、本物のファラオがやってきた。上を下への大騒ぎだったにちがいないよ、リコリ——なにしろ、突如として、ハーレムでどういうわけかファラオが二人になったんだからね！　けれど、この騒動に気づいたクヌムが、天界から手を伸ばして人形に触れ、生命を抜き取った。偽物のほうは床に転がって、ただの人形となってしまったんだ。

ファラオの一人が立っていた場所にも、人形が一つ転がっていて、そのそばで皺くちゃの老人がうずくまって震えていた！

当時のパピルスに、この物語とそれに続く裁判のことがかなり詳しく記されている。たしか今は、トリノにあるエジプト博物館に収蔵されているよ。この魔術師が火あぶりにされる前に受けた拷問についても列記されているんだ。そうした告発や裁判が行われたのは疑う余地もない。パピルスは本物だからね。だが、じつのところ、その背後にはなにがあったのだろう。なにかが起こった――でも、それはなんだったのか。迷信が記されているにすぎないのか――それとも、黒い知恵の産物に言及したものなのか」

リコリが口を挟んだ。「先生はご自分の目で黒い知恵の産物をごらんになったでしょう。それでもまだ、その存在を疑っておられるのですか？」

私は問いかけを無視して、話を続けた。「結び目のある紐――〝魔女のはしご〟についてだが、あれも非常に古いものだ。フランク王国の法律に関する最古の記録で、千五百年ほど前に文書にまとめられたサリカ法典では、〝魔女の結び目〟と呼ばれるものを結んだ者に厳しい刑罰が規定されて――」

「魔女のはしご《ラ・スカラ・デラ・ストレガ》……。ええ、わたしの故国でも、その呪われたもののことはよく知られています――出口のない悲しみをもたらすものとしてね！」

血の気の引いたリコリの顔や引きつっている指には、はっとさせるものがあった。私は慌てて言った。「いや、リコリ、きみもわかっているだろうが、わたしが引き合いに出しているのは、どれも伝説だよ。民間伝承だ。科学的根拠に基づくものじゃないんだ」

リコリは荒々しく椅子をうしろに押しやって立ち上がり、信じられないといった面持ちで私を見つめた。やっとのことで言葉を押し出す。「先生はまだ、われわれが目の当たりにした悪魔の所業について、ご自分の知っている科学で説明できるというお考えに固執しているんですか？」

不穏に心がかき乱された。「そうは言っていないぞ、リコリ。ただわたしは、マダム・マンディリップは殺人者としてもさることながら、並外れた催眠術師だったと言っているんだ――幻影を生み出す達人だったと――」

両手でテーブルの端を強くつかんで、リコリは私の言葉を遮った。「あの女の人形が幻影だったと考えてらっしゃるんですか？」

私は遠回しに答えた。「あの幻影の美しい身体も、本物にしか見えなかっただろう。だが、実際の炎に包まれれば消えてしまった。人形と同じくらい現実のものと思えても、リコリ――」

再びリコリが私の言葉を遮った。「わたしが心臓を刺されたのも……ギルモアが人形に命を奪われたことも……ブレイル先生が人形に殺されたことも……魔女の息の根を止めた善良な人形のことも！　先生はみんな幻影だと言うんですか？」

突然、かつての懐疑的な考えが強くよみがえってきて、私はいささかぶっきらぼうに答えた。「まったくありえないことではない。マダム・マンディリップの後催眠暗示に従って、きみが自分の心臓に短剣めいたピンを突き刺したのかもしれないぞ！　似たような暗示が、いつ、どこで、どうやってかはわからないが、ギルモア夫人にかけられて、彼女が夫を殺めたということだって、ありうる。シャンデリアがブレイルの上に落ちてきたとき、わたしがそうした後催眠暗示の影響下にあったのは確かだ――そして、ブレイルの頸動脈を切ったのは、ガラスの破片だったかもしれないのだ。マンディリップ本人の死については、ウォルターズの人形の手にかかったものと見えたが、まあ、あれも、マンディリップの常軌を逸した心が、ほかの人間の心に生み出していたのと同じ幻影を、ときには、あの女自身にも見せていたのかもしれない。マンディリップは、軟膏を用いて殺害した人物の人形に取り巻かれていたいという、異様な強迫観念に支配されていた狂気の天才だったんだよ。マルゴ王妃とも呼ばれた、ナバラ王の妃マルグリット・ド・ヴァロアは、彼女のために死んだ十人以上の愛人の心臓に防腐処理を施して、常に持ち歩いていた。王妃は自分で手を下したわけではない――だが、死んだ原因が自分だということは、自らの手で彼らを絞め殺したのと同じくらい確実にわかっていた。王妃の心臓のコレクションとマダム・マンディリップの人形のコレクションは、心理学的な見地からいうと、まったく同一のものだよ」

リコリはまだ椅子に腰を下ろしておらず、張り詰めたままの声で言った。「魔女が息の根を止められたのも、先生は幻影だとおっしゃるのかと、わたしは訊いたんですが」

「とても落ち着かないんだがね、リコリ――そんなふうに見つめられると……それに、これから答えるところだよ。繰り返しになるが、マンディリップの心が、ほかの人間の心に生み出していたのと同じ幻影を、ときには、あの女自身にも見せていた、ということはありえないわけじゃない。その状態では、マンディリップは人形が生きていると考えていただろう。こういう奇妙な心の中に、ウォルターズの人形に対する憎悪が生まれた。そしてついには、われわれに反撃された苛立ちで、この憎悪が反作用を及ぼしたんだ。先ほどきみが、黒い知恵が、それを自在に利用していた者に跳ね返ってくると話したとき、わたしはじつに興味深いと言っただろう。この反作用の考えは、そのとき頭に浮かんだことなんだよ。マダム・マンディリップはウォルターズの人形を痛めつけていた。それで、機会さえあれば、あの人形が仕返しをするのではないかと本気で考えていた。この確信とも、予感とも言えるものがあまりに強かったため、おあつらえ向きの状況になったとき、マンディリップはそれを劇的に表現したんだ。心の中でのことが、行動になって表れたんだよ！　マンディリップは、きみと同じく、短剣めいたピンを自分の喉に突き刺したのかもしれない——」

「ばかな！」

リコリの口から出た言葉だったが——それでいて、マダム・マンディリップがあの奥まった部屋で口にしたのと、死んだラシュナの口から聞こえてきたのと、あまりに似通っていて、私は思わずのけぞって、身震いした。

テーブルに身を乗り出しているリコリの黒い目はうつろで、なんの感情も映していない。私は動揺して、鋭い口調で怒鳴った。「リコリ——目を覚ませ——」

背筋が寒くなるようなリコリの目のうつろさは、すぐに消えた。強いまなざしがひたと私に据えられている。リコリは彼本来の声に戻って言った。

「目を覚ましていますよ、ええ、完璧に——ですから、これ以上、先生のお話を聞くつもりはありません！　代わりに——先生がわたしの話を聞いてください。言わせていただきますが——先生の科学なんて、くそくらえです！　いいですか——先生の視界を遮っている物質のカーテンの向こうに、われわれを憎悪する力とエネルギーがあって、神は計り知れない知恵において、その存在を許していらっしゃるんです。こうしたものは物質のカーテンを通り抜けて、マンディリップのようなものの中に現れることができるんですよ。ええ、そうです！　魔女や魔術師というものは、邪悪なものと切っても切れない関係なんですよ！　ええ、本当に！　ですが一方で、われわれに友好的な力も存在していて、そうしたものが選んだ人間の中に現れることもあります。

はっきり言いますが――マダム・マンディリップは呪われた魔女だったんです！　邪悪な力の手先だったんですよ！　悪魔の崇拝者だったんです！　魔女が地獄で――永久に――焼かれるべきであるように、あの女も焼かれたんです！　あの看護師の人形は、善なる力の道具になったんですよ。今は天国で幸せになっているでしょう――彼女は永遠にそうであるように！」

リコリは黙り込んだ。感情が高ぶるあまり、身体が震えている。彼は私の肩に軽く手を置いた。

「教えてください、ローウェル先生――わたしのように神を信じ、神の御座の前に立っているおつもりで、正直に答えてください――先生はご自身の科学的な解釈に心の底から満足していらっしゃいますか？」

私はひどく物静かに答えた。

「いいや、リコリ」

どれ一つとして、満足していない。

解説

植草昌実

エイブラハム・グレース・メリットは、一八八四年一月二十日にニュージャージー州に生まれた。大学で法学を修めたのち、地方紙〈フィラデルフィア・インクワイアー〉の記者を経て、一九一二年に全国規模の週刊紙〈アメリカン・ウィークリー〉の編集者となる。三七年から四三年までは、同紙の編集長を務めた。

彼はA・メリット名義で、主にファンタジーの創作を手がけている。魔術の研究や薬草の栽培と並ぶ趣味の一つと考えていたようで、作品数は多くはないが、愛読したヘンリー・ライダー・ハガードらの冒険小説の流れを汲みつつ、どの作品も鮮やかな幻想に満ちている。さらに、挿絵画家のヴァージル・フィンレイやハネス・ボクを世に送ったのも、彼の大きな功績だ。

一九四三年八月二十一日、メリットは急性心不全でフロリダにて逝去した。享年五十九歳。

メリットの長篇ファンタジー五作はすべて邦訳されている。古代ウイグルの英雄の魂を宿し異世界へと旅立つアメリカ青年の冒険を描く『蜃気楼の戦士』は、ハヤカワ文庫SFの創刊ラインナップの一つであった。また、生の女神と死の神との果てしない闘争を描く『イシュタルの船』や、アンデス山中に幻の王国を求める『黄金郷の蛇母神』など、数々の〈メリット物語《メリッテール》〉を思い出す読者は多いことだろう。

しかし、彼のホラーには、これまであまり目が向けられていなかった。そこで、代表作『魔女を焼き殺せ!』を、約五十年ぶりの新訳でここにおくる。

本作は一九三二年に〈アーゴシー〉誌に連載された。一八八二年に創刊し、多彩なジャンルの小説を掲載して「パルプマガジンの開拓者」と称された雑誌である。同誌にはエドガー・ライス・バロウズの《火星シリーズ》や《ターザン・シリーズ》が連載され、レックス・スタウトやコーネル・ウールリッチのミステリ、ジョンストン・マッカレーやC・S・フォレスターの冒険小説、マックス・ブランドやロバート・E・ハワードの西部小説が目次に並んでいた。

ニューヨーク・シティで続発する変死事件。いずれも人形とつながりがある、と気づいた医師ローウェルと、仲間を殺されたギャングスターのリコリは、幾度も命の危機に見舞われながら、秘術を操る魔女に敢然と挑んでいく。書かれたのはパルプ・ホラーの時代だが、舞台や人物の描写はモダン・ホラーの先駆を感じさせ、緊迫感溢れる展開の中に善悪の闘争を描くさまは、全盛期のディーン・クーンツの作品を連想させる。なお、本作は連載終了後、一九三三年には単行本が刊行され、三六年には『魔人ドラキュラ』『フリークス』のトッド・ブラウニングの監督・脚本により『悪魔の人形』として映画化された（ただし、筋は原作とは大きく異る）。また、ホラー作家カール・エドワード・ワグナーは、《トワイライト・ゾーン》誌一九八三年六月号の「超自然ホラー・ベスト十三」に、本作をF・ライバー『妻という名の魔女たち』やJ・D・カー『火刑法廷』、W・ヒョーツバーグ『堕ちる天使』などと共に選んでいる。

徳間書店から〈ワールド・ホラー・ノベル・シリーズ〉の一冊として刊行された本作の旧訳は、古書市場では現在も高値で取引されている。なお、同書がメリットの長篇の初邦訳であった。また、団精二（荒俣宏）がジュニア向けに訳した朝日ソノラマの『恐るべき魔女』も、さらなる稀覯本として知られている。

本作に続いてもう一作、ローウェル博士の活躍する長篇がある。翌々年に発表されたCreep,Shadow! で、博士は人の影を操る邪悪なドルイドの魔術師と闘う。また、悪魔的な頭脳を用い陰謀を巡らす秘密結社の首領「サタン」と、それを挫こうとする冒険児の対決を描いたSeven Footprints to Satan もホラーの要素をもつ作品で、カルト・ホラー映画『魔女』のベンヤミン・クリステンセン監督により映画化されている。

パルプ・マガジンの黄金時代に、H・P・ラヴクラフトやハワード、エドモンド・ハミルトンらと共に読者を熱狂させたA・メリット。本書が彼の再評価への契機となることを、切に願う。

A・メリット著作リスト

《長篇》

The Moon Pool（1919）
『ムーン・プール』川口正吉訳　ハヤカワＳＦシリーズ　一九七〇

The Ship of Ishtar（1924）
『イシュタルの船』川口正吉訳　ハヤカワＳＦシリーズ　一九六八
『イシュタルの船』荒俣宏訳　ハヤカワ文庫ＦＴ　一九八二

Seven Footprints to Satan（1928）

Snake Mother（1931）
『黄金郷の蛇母神』団精二訳　ハヤカワ文庫ＳＦ　一九七一

Dwellers in the Mirage（1932）
『蜃気楼の戦士』鏡明訳　ハヤカワ文庫ＳＦ　一九七〇
『蜃気楼の怪物』鏡明訳　朝日ソノラマ〈少年少女世界冒険小説〉9　一九七四　＊ジュニア向け翻訳

Burn, Witch, Burn!（1932）
『魔女を焼き殺せ』山下諭一訳　徳間書店ワールド・ホラー・ノベル・シリーズ　一九六八
『魔女を焼き殺せ！』森沢くみ子訳　本書
『恐るべき魔女』団精二訳　朝日ソノラマ〈少年少女世界恐怖小説〉3　一九七二　＊ジュニア向け翻訳

Creep, Shadow!（1934）

The Metal Monster（1946）
『金属モンスター』川口正吉訳　ハヤカワＳＦシリーズ　一九六九

《ハネス・ボクによる補綴作品》

The Fox Woman and Blue Pagoda（1946）

The Black Wheel（1947）

《日本オリジナル出版》

『秘境の地底人』羽田志津子訳　朝日ソノラマ文庫海外シリーズ25　一九八六　＊短篇集
『フォックス・ウーマン』半村良　講談社　一九九四
＊遺稿の補綴作品

A・メリット A. Merritt
1884年、米国ニュージャージー州に生まれる。地方紙記者を経て、1912年に大手週刊紙〈アメリカン・ウィークリー〉の編集者となる。37年から43年は編集長を務めた。ホラー／ファンタジーの分野では、「蜃気楼の戦士」「黄金郷の蛇母神」「イシュタルの船」（早川書房）などの創作の他、挿絵画家のヴァージル・フィンレイとハネス・ボクを世に送った功績を持つ。43年歿。

森沢 くみ子（もりさわ くみこ）
英米文学翻訳家。香川県に生まれる。訳書に、ストーカー『七つ星の宝石』（アトリエサード）、クイーン『熱く冷たいアリバイ』、グレイム『エドウィン・ドルードのエピローグ』（以上、原書房）、スレッサー『最期の言葉』（論創社）、キング『ロンドン幽霊列車の謎』、キース『ムーンズエンド荘の殺人』（以上、東京創元社）などがある。

ナイトランド叢書 2-6

魔女を焼き殺せ！

著　者　A・メリット

訳　者　森沢くみ子

発行日　2017年8月15日

発行人　鈴木孝

発　行　有限会社アトリエサード
東京都新宿区高田馬場1-21-24-301 〒169-0075
TEL.03-5272-5037 FAX.03-5272-5038
http://www.a-third.com/ th@a-third.com
振替口座／00160-8-728019

発　売　株式会社書苑新社

印　刷　モリモト印刷株式会社

定　価　本体2300円＋税

ISBN978-4-88375-274-4 C0097 ¥2300E

www.a-third.com